百年中国新诗编年

第十分册

2006-2015

主编：张清华　　分册主编：王士强

山东文艺出版社

序

王士强

本卷是"百年新诗编年"丛书中的最后一卷，显然，这是最靠近当下，作者最为繁多，质量也最为芜杂，最难以判定其可否经典化的部分。因此对于编选者来说，挑战巨大。笔者是在战战兢兢中反复进行改动和修订的，试图尽量做到公允和客观，但毕竟因为时间迫近，等待尘埃落定的时机远未成熟，所以成稿之时必定还是问题多多。这里先提出来，以期待读者和方家责罚。

如是说并非虚言，因为关于诗歌的尺度与美学标准，读者对诗意本身的认知和评判，如今比之过去可谓已相去千里了。要达成共识是十分困难的，笔者所希图的，无非是大体靠谱罢了。

于世纪之交发生的诗歌狂欢，一直延续到2005年之后。直至2006年，有批评家还使用了"在狂欢中娱乐而不至死"的说法，作为该年度诗歌年选序言的题目，详细地描述了"诗歌作为大众娱乐的媒介完全有可能"的喧嚣情形①。这一年中，"赵丽华诗歌事件"所带来的震动可谓史无前例，上半年还处于寂寂无闻的赵丽华，因为一首《一个人来到田纳西》这样的口水诗而遭到恶搞。居然在网络传播的条件下，成为拥有巨大点击量的明星。据有人在

---

① 张清华：《21世纪中国文学大系·2006年诗歌·序》，春风文艺出版社2007年3月版。

当年统计,"赵丽华简介"的词条在"百度搜索"上达 60600 条,而网页上关于赵丽华的条目则达 629000 条之多。这样的现象在以往是不可想象的,在世纪之交的最初几年中,她成为最博眼球的景观。

这一事件表明,一个人写得好坏,在现今已不属决定性的因素,其传播的机缘才是最重要的。赵丽华之前其实是一个相当不错的诗人,语言简练,思维机智,有很好的功力,只是一直未曾真正成名。她在网上刊出的一批诗作中,也并非全属白话,但可以肯定地说,假如其悉数为中规中矩之作,那么便不可能有后来的轰动效果。因为个别篇章的刻意浅白,她才招致了非议与围观。但由"被恶搞"而出名毕竟也是出名,她因祸而得福,由于被攻讦辱骂而一举走红。这给了很多人"启示",使他们相信"流量"就是生产力,就是成名成家的必由之路。

某种意义上,将近十年之后的另一个成名者余秀华,也几乎是出于同样的机缘,她因为一句"穿越大半个中国去睡你",而一夜蹿红。但余秀华有一个不幸的身体,所处的环境和生存条件也与赵丽华不同。她生于湖北乡村一个叫作横店的地方,自童年即患有脑瘫症,行走不便,几乎丧失体力劳动的能力。但余秀华对语言有超常的敏感,对她所处的现实际遇也不甘屈服,一直坚持写作。本来她也有着较好的文学功底,写女性对世界的感观,对情感的体察,对健康肌体与常人生活的渴慕,都有感人之处。但如果仅仅靠文本,靠常规的积累,她恐怕终其一生也难以出人头地。然而在上述"策划"之下,她得以倏然成名。

作为一个写作者,余秀华首先是一个传播案例,对于伦常的冒犯,是她吸引了社会广泛关注的主要原因。当然,其他因素还有:她是一个女人,一个比较另类的女人,一个患脑瘫疾病的女人,一个语言和身体、身份与写作之间有着巨大距离的女人……这些都满足了围观者的心理需求，因此她会具有强劲的传播效能。然而也正因为如此，余秀华的成名是一个有条件的成名，她须为之做好准备，在成名之后认真写作，并担负起更多社会责任，而不是一味"任性"。否则必将面对普遍标准下的挑剔，甚至批评。但问题恰恰在于，她或许并未准备好做一个自律的和真正严肃的写作者。

开篇先说了两个例子，是想以此来描述一下本卷所面对的诗歌界的状况，比之先前确乎是有了大的变化——诗歌不再是纯然的写作现象，而是更变成了传播学的现象。

在经历了世纪初几年的狂欢之后，在第一个十年的后半期，当代诗歌进入了一个"无主题变奏"的时期。精英诗坛在历经了近三十年的中心地位之后，在这个时期终于陷入了真正的疲态。经过"诗江湖"的纷扰，"口语派"的叛逆，"下半身写作"的捉弄，昔日"第三代"诗人中的大多数，要么处于偃旗息鼓的状态，要么转而去做别的事情，经商的（如李亚伟、万夏、尚仲敏、张小波），画画的（俞心樵、宋琳、吕德安），做艺术策展人的（欧阳江河），调至高校任教的（王家新、于坚），不一而足。在"民间派""口语派""70后"以及各种江湖群落的写作与狂欢之中，平权与自由的精神似乎有了充分的体现，但是随着精英意识的沦落，写作中的知识分子精神，却也在无可救药地弥散之中。基于此，有批评家以丹尼尔·贝尔的文化批评理论，提出了写作的"中产阶级趣味"① 问题，并且引起了较大范围的论争。

---

① 最先提出这一概念的是张清华，文章题为《我们时代的中产阶级趣味》，《南方文坛》2006 年第2期。随后引起了争议，参与讨论的人有钱文亮、赵思运、杨四平等。

关于这次论争的是非短长，不是此处可以弄清楚的。我们只是隐约意识到，自 1980 年代由"后朦胧诗派"或"第三代"诗人建立起来的写作秩序，基本上处于瓦解的境况。正像丹尼尔·贝尔在评论二十世纪五六十年代的美国文化时所说的，经由现代主义的天才创造，现时代的写作早已进入了"天才的民主化"时期。简言之，相对平庸或者平常的主体意识，文化身份与写作心态已经占据了主导地位。在各种文化紧张关系消除之后，写作者变成了一群媚俗的或者"媚雅"的批量复制者，原有的批判意识与探求者的孤独，被中产阶级的消费趣味所绑架，变成了日趋空洞和浅薄之作。

在知识分子精神日益衰变的同时，边缘地带的，或是新生的，文化身份具有很大不确定性的一批则显得更为抢眼，戏谑的、平民化的、消费趣味的、行为艺术化的、"文化行动"式的、撒娇耍横的、自轻自贱的写作，以更为丰富和芜杂的生动，取代了原有的以深度、繁难和"巴别塔"式的观念主导的精英主义写作。类似于曾德旷式的流浪者、尹丽川式的戏谑者、墓草式的自虐者、徐乡愁式的反讽者、沈浩波式的亵渎者的写法，已经以新的本雅明所说的"游荡者"或各种暧昧的身份，代替了昔日的精英，变成了我们时代的新的艺术与精神运动的符号。

上述这些自然已不是贝尔所说的"中产阶级趣味"，但他们以其新的极端化策略，将原有的精英主义写作挤对成了无所作为的平庸的写作，这是人们始料不及的，也是历史的戏剧性逻辑所导致的一个意外结局。

这一变化，或许可以视为最近十年中诗歌艺术内部最大的精神递变或衰退。

能够称得上现象级的事件，还有产生于 2008 年的"地震诗歌"。这场浩大的写作运动参与人数众多，但实际产生的经典作品则十分有限，某种意义上有朵渔的一首《今夜，写诗是轻浮的……》也就足矣。但这一诗歌事件最重要的遗产，是关于公共伦理与写作伦理的自觉。公众在这样的大事件中获得了一种自我的教育，明白了许多之前并不明晰的伦理界限，因为有人以歌功颂德的方式来置换和抹平死难者的悲剧，以及受灾者的哀伤，写出了不得体的句子，因而受到了网友和公众的批评，并由此引发了人们关于灾难与文学的关系的新认识。什么样的写作是合伦理的写作，什么样的抒情和观点是得体的表达？那就是对生命、对个体生命的无条件的尊重。这是灾难写作中唯一合适的伦理尺度。

所以，朵渔说一切写作相较于死难者和这场无与伦比的巨大灾难，都是可耻和"轻浮的"，可谓是振聋发聩而又自然而然的。在意识到这一点之后再写，便是可以原谅的，当然也是必要的和不可或缺的。道理就这么简单，但却是要以血，以那么多的血来换。

热闹一时的"底层写作"，也几乎在第一个十年的末尾处落下了帷幕。同样是伦理问题大于诗歌和文学本身，人们在这样的写作中所得到更多的，是对于社会正义的吁求，而不是多少经典性的作品本身。但像郑小琼这样的例子，也足以令人欣慰。她以"铁"的意象，集中地传达了"世界工厂"这一时代的壮观景致背后的文化秘密与精神现实，那就是无数青春以肉身所铸成的工业奇迹，他们所付出的生命、希望、身体和爱情，他们所承受的孤独、劳累、病痛和伤残。没有无数来自乡村底层社会的这些廉价劳动力的付出，就不会有工业化神话的拔地而起。这样的时代就是用铁铸就的，铁的坚硬、恢弘与铁的冰冷、无情交织在一起，共同演绎出了这个年代的悲欢与歌哭。

庆幸的是，此类写作最终陷于沉落了。原因之一当然是生存境况的逐步改善，郑小琼本人也由一个最初的"打工妹"，成功转换为了职业编辑和诗人，尽管她后来还出版了《女工记》等作品，但 2011 年其诗集《纯种植物》的出版，则标志着她一直想为自己的写作"正名"——作为"纯粹的写作"而不是"打工写作"的诉求，得到了实现。

在临近 2016 年的时候，新诗进入了"百年历史回顾"的时间表，学界和批评界许多人都在对这一百年进行着回顾和总结，不同版本的百年长选也相继出现。无论是弹冠相庆的兴奋，还是悲从中来的感喟，都自有其道理，但总地看，持肯定和乐观态度的仍然是多数，主流的看法依然是承认其道路和成就的，认为是走在"前进的和建设的"道路上的①。这让人感到踏实，也充满着慰藉。

同样地，关于最近十年诗歌的评价，虽然也有着种种批评与非难，但多元共生毕竟是最不坏的情况，能够认识到这一点，就足以令人安慰。因为艺术生产的规律是承认波动与起伏的，没有哪个人、哪一种力量可以决定一个时代的艺术生产的质量与走势，但与自然界的情形相似，艺术的生态却是第一重要的。

---

①谢冕：《前进的和建设的——中国新诗一百年（1916 – 2016）》，《北京大学学报》（哲学社会科学版）2017 年第 3 期。

目 录

2006 年

2007 年

2008 年

2009 年

2010 年

2011 年

2012 年

2013 年

2014 年

2015 年

2006年

收藏

白连春

黄土在下。苍天在上。中间站着我的
父亲和母亲，他们是一对哑巴，像一把
锄头和另一把，话，只给泥土说，只给
操劳不完的白天和黑夜说，就是不给我说
黄土在下。苍天在上。中间站着我的父亲和
母亲，他们是一对聋子，像一把镰刀和另一把
只听见季节的话，种子的话，胃和牙齿的话
石头的话，就是听不见我的话。黄土在下
苍天在上。中间站着我的父亲和母亲，他们
是两棵草本植物，像一棵庄稼和另一棵，像
一棵草和另一棵，除了春天和火焰，就是
我在把他们遗忘。黄土在下。苍天在上
中间站着我的父亲和母亲，他们是两个
精灵，像一盏灯和另一盏，照亮了我的
心也到达不了的远方，我怎样飞翔
也追不上他们消失的荒凉，只能
眼睁睁看着风和雨把他们收藏

选自《诗刊》上半月 2006 年第 1 期

子曰里的月亮

　　——习经笔记之二

长征

您说　子曰
我脑海里升起月亮的鸟巢
您说　诗云
我心田里流浪着白云之马

先生　您坐的端正就是经卷的格律

经卷　印度
家奴离去的田地里　空荡荡
留下一群孩子般赤裸的脚印子

呵　先生　您知道吗
青春是一尾春风里的狐狸

它一路风行地奔跑
带着斗转星移带着岁月的迁徙
吹起绿叶丛丛燃起红叶簇簇落下黄叶纷纷

先生　已经到了饭时
您和我的肚子里　现在

拱动着一群猪　咕噜咕噜

你讲经的手势有点乱套

你的手影里飞出凌空的小鸟一只

它飞越了你吟诵的又一个动荡而辽阔的词——

飞越了"万——水——千——山"

先生　我面对着您

我背后的门一点点敞开了

光亮弥漫了我家的讲经堂

这光亮也会随着那只鸟儿飞越辽阔而动荡的词语

呵　先生　我从您的脸上看见厨子已经进门

看到他堆在脸上肥胖的笑吟吟

　　　选自《特区文学》2006年第1期

哀歌：轻轻飘去……
　　——致 SBT，新逝去的最爱的亲人

郑敏

　　Leise flehen meine Lieder druch die Nacht zu Dif"（舒伯特小夜曲）
　　"轻轻飘去，我的歌声
　　穿过黑夜，飞向你的身边……

黎明前我忽然被歌声唤醒，

是你，亲爱的

穿过黑暗来寻找我

你还没有走远

飘过树梢

顺着小溪

你的手指轻弹我的窗门

当两个灵魂相抱时

天地为之融化

你回来了，短短的离别……

我祈祷上天

不要让黎明来到

朝阳可以是残酷的

你的身影将如朝露蒸发

飘过死亡的海洋

我们相见

我们闻到彼此的气息

像两只又飞到一起的鸟

互相啄着羽毛

清洗那离别时的悲哀

当太阳升起时

两个世界又将分开

阳光粗暴地遮住月光

死亡粗暴地驱走幽会的情人

我们手指相触

　　目光相依

当太阳再一次升起时

是爱人再一次的离别

对于生活在两个世界的情人

白昼是黑夜，黑夜是希望

我看你消失在晨曦里

目送你远去

亲爱的，我们泪流满面

我们只有等待

我们耐心地等待

等待另一个黑夜降临

那时："轻轻飘去，我的歌声

穿过黑夜，飞向你的身边……"

后记

二〇〇五年七月二十四日清晨童诗白逝于北京协和医院，永远离开他所爱的家人和朋友。八月二十四日黎明前，我们在梦中相会。醒来写此诗。只有诗歌是无边的海，我在此岸，他在彼岸。梦中重逢，醒来想起徐志摩的诗《偶然》中的一句："你我相逢在黑夜的海上。"梦中虽然重逢，醒来却是生死两界。虽说我们有过半个多世纪相濡以沫的共同生活，但人生相聚终是偶然，只有分离才是永久。想到这里，倍觉凄然，不禁起床写下此诗。

选自《人民文学》2006年第1期

城市

骆英

城市是用思念建成的

每个人都把信写向远方

每一架飞机的轰鸣都让人心动

都让人想背起远行的行囊

归乡的地图早已被贴在胸膛

日日想从这城市逃亡

这风也吹不动高楼像暗礁

在思念涨潮时让人意乱心慌

这数也数不清的巴士像流弹

在思乡梦醒时让人无法躲藏

赤脚走过的斑马线像裸体的狗

你必须一次次越过一次次退让

城铁像醉酒的蒙古长调

一遍遍嘶吼一遍遍游荡

夜深了

那酒吧的灯光让心开始紧张

一杯杯酒是雨

这心中的无奈肯定又会枝蔓疯长

城市啊

我是你檐下的野鸽肥胖肮脏

再也没有千里归家的翅膀

选自《诗刊》上半月 2006 年第 2 期

黔南

梦亦非

月光大地，斜对东南弃置的铜镜

玄黑，沉重，荒凉满面

内在之影越过月海边沿

群山在缓慢的涌动中升起、潮湿

仿佛从磐石中寻找到水分

譬如幼枝、小兽、梦中换羽的鸟儿

月潮助长了荣耀的法则

那露水的祭台上，馨香低迷

是否，神不会留下痕迹

三月是神之火，藏在言辞之间

"时光的法轮常转呵，天上地下

呈现出它愈加繁华的季节"——

黔南的天空下是洗濯的古铜，镜像中
最后有谁前世的迷醉，来生却寂灭
"雨水弯曲，流向万物的欲念"
青草举着火焰，照亮了满溢的田野

选自《上海文学》2006 年第 2 期

有——仿阿波里奈尔

森子

有几枝突然灿烂的石榴，
有我为你而踩的路。
有一个女子在树下被蛛网缠住，
有一头长发从细草间溜走。
有六条土蛇在喊胃痛，
有我眼中的你犯着相似的错误。
有一处破旧的锅炉房，还有一个乡下来的民工
在煤堆旁洗脸，当我们打那儿路过，
有一个小男孩正在吹气球。

选自《江南》2006 年第 2 期

只有大海苍茫如幕

于坚

春天中我们在渤海上
说着诗　往事和其中的含意
云向北去　船往南开
有一条出现于落日的左侧
谁指了一下
转身去看时
只有大海满面黄昏
苍茫如幕

选自《诗潮》2006 年 1—2 月号

诗人在他的时代

沈浩波

总有一些人会留下来
为文明的棺材钉上最后一颗钉子

怀揣天空的灰烬
等待死亡的飞翔

我的身体里有天空被雷电劈死前的记忆

总有一些人会留下来
擦拭陨石的光辉

积聚所有干尸里
残余的灵魂

我的身体里有狮子被长矛洞穿后的吼声

只要星星仍然在头顶闪耀
就一定有骏马沿着大河奔跑

只要人类仍然有爱和悲痛
就一定有微风扬起柔软的马鬃

总有一些人会留下来
掏出飞鸟的心脏
取出满天星光

2006 年 3 月 12 日

选自沈浩波著《命令我沉默》，浙江文艺出版社 2013 年 3 月版

我写下的都是卑微的事物

刘春

我写下的都是卑微的事物

青草，黄花，在黑夜里飞起的纸片

冬天的最后一滴雪……

我写下它们，表情平静，心中却无限感伤

那一年，我写下"青草"

邻家的少女远嫁到了广东

我写下"黄花"

秋风送来楼上老妇人咳嗽的声音

而有人看到我笔下的纸片，就哭了

或许他想起了失散已久的亲人

或许他的命运比纸片更惯于漂泊

在这座小小的城市

我这个新闻单位卑微的小职员

干着最普通的工作

却见过太过注定要被忽略的事

比如今天，一个长得很像我父亲的老人

冲进我的办公室

起初他茫然四顾，然后开始哭泣

后来自然而然地跪了下去

他穿得太少了，同事赶紧去调高空调的温度

在那一瞬，我的眼睛被热风击中

冬天最后的那一滴雪

就从眼角流淌出来

选自《诗歌月刊》下半月 2006 年第 3 期

唐槐①

洛夫

使我惊心的不是它的枯槁

不是它的老

而是高度

曾经占领唐朝半边天空的

高度

年轮，一直旋到骨子里才停住

停在扬州的陌巷中

扬州八怪猜拳闹酒的地方

依然矗立，风中雨中

千年来一向只为别人筑梦

却让自己的梦

如败叶纷飞于荒芜的秋空

它以另一种逻辑活着

另一种语气

述说着扬州的沧桑与辉煌

遂成为一种话题

――――――――

①所谓"南柯一梦"，此"柯"即现仍矗立扬州城内，一株千年唐槐。

一种灰尘与时间的辩证

一块长满青苔的碑石

镌刻着一部焚城的历史

我端起相机咔嚓一声

拍下了

它的孤寂

以及整个宇宙的苍茫

选自《新诗代》总第 5 期，2006 年 4 月

窗下

黄礼孩

这里刚下过一场雪

仿佛人间的爱都落在低处

你坐在窗下

窗子被阳光突然撞响

多么干脆的阳光呀

仿佛你一生不可多得的喜悦

光线在你思想中

越来越稀薄　越来越

安静　你像一个孩子

一无所知地被人深深爱着

选自《诗歌月刊》2006 年第 4 期

最后的白纸

江非

在这张最后的白纸上
我不知道我是否敢写下我的名字
是否敢继续偷偷使用着圣洁的母语
低下头，双手颤抖
泪水中闪耀着泪水流向大海的晚景

回忆一些过往的人和事物，不必了
忏悔自己一生中的诸多过失，也已模糊不清
人啊，你应因卑微，而怀有伟大的情感
人啊，你应因活得短暂，而拥有传奇的一生
我只能这样来告慰自己，愧对祖先的在天之灵

当前来收割的镰刀从背后缓缓抱来
虚无中的麦穗悄然落地，鸦雀无声，夕阳西下
一小束干瘦的麦子被分成了粮食和麦种
我只希望，那粮食是我曾喂养孤独的干粮
那麦种，是每年一度，一座无字碑前的麦苗青青

告诉他们吧：孩子们从未在背地里埋怨我

父母年迈了，代表泥土把我轻轻地宽容

人啊，你应因寒冷，而敞开余温尚存的怀抱

人啊，你应因得到了太多

坦然舍弃繁重的一生

多年以后，如果我能重返祖国

在黄河的南岸重生

我依然会回到平墩湖相公镇山东省

到处走走，丈量土地，开荒垦种

依然藏着这件沉重的兵器

藏在这滴最后的泪水中

选自《诗刊》上半月 2006 年第 5 期

甲壳虫

严冬

一只甲壳虫在爬着

肆无忌惮地爬着

仿佛成了整个草原的帝王

一匹马儿奔了过来

一只马蹄就要落了下来

啊……

我张大了口

里面却长满了荒草

选自《上海文学》2006 年第 6 期

简单的自传

王家新

我现在写诗
而我早年的乐趣是滚铁环
一个人，在放学的路上
在金色的夕光中
把铁环从半山坡上使劲往上推
然后看着它摇摇晃晃地滚下来
用手猛地接住
再使劲地往山上推
就这样一次，又一次——

如今我已写诗多年
那个男孩仍在滚动他的铁环
他仍在那面山坡上推
他仍在无声地喊
他的后背上已长出了翅膀
而我在写作中停了下来
也许，我在等待——
那只闪闪发亮的铁环从山上

一路跌落到深谷里时
溅起的无穷回音?

我在等待那一声最深的哭喊

选自《剃须刀》2006 年春夏季合卷

赞美

阿翔

旅人远在他乡,在一扇门的后面
有些坚持不住,剩下的时间
试着去赞美。

几乎没有停顿,乌云低低压在屋子下
找到幸福请放弃回忆
找到回忆请放弃牺牲。

火车是暗的,它已经起程,但始终没有到达
烟花三月,雨越小越散漫
我依然沉默,不走寻常路,只爱少数陌生人。

选自《红岩》2006 年第 4 期

画森林

唐果

我要画一座森林
它必须是绵延的，一只老虎走一天也走不到边

树木必须高大、茂密、葱郁
当老虎有了微服私访的兴致，它能为老虎提供朴实的装束

草东一丛，西一丛，松针金黄，像厚厚的软垫子
假如老虎有了纵身一跃的勇气，它们能托住它庞大的身躯

没有兔子、麂子，没有鸦雀、鼠蚁跟它做伴，没有蟒蛇盘踞
如果老虎掉进忧郁的陷阱，谁来把它搀扶

我还要画另一只老虎，让它们追逐、嬉戏，抢夺肉食
最后，我只画一个山洞，让它们在洞里咒骂、争吵，日久生情

选自《绿风》2006 年第 4 期

合群路上为昔日同窗友人而作

胡续冬

合群路上有人不合群，
拿一身肥肉掩护眼睛里的灵光
躲在路边吃火锅。

街对面是省城好生活，
千百小崽衣衫光鲜，啤酒声声吼，
把小吃吃成大吃一顿，把穷快活

吃得只剩快活。又有先进的游客
开发西部身体，街边的沐足广告
似要为所有人洗出三只脚。

街这边，入仕多年的你
依然官拜科级。你跟我讲时局讲民生，
就着麻辣蘸水，探讨如何用韩愈

增强政论文的表现力。你对家乡
爱得不慌不忙，但你酒后的肠胃里
兀自醒来一个文艺的北方。

想当年，又是想当年，

你前额发亮，我亦是地道的诗歌豺狼，
你我二人霸占了多少娇美时光！

但凶狠总是不得好报，正如
我们面前的火锅里烂熟的狗，
昨日也曾在陌生的村口咆哮。

每隔几年，我都要写上小诗一首
分与你服食，不求青春常驻
但求抚养你眼中疲惫的灵光。

那灵光只一流转，肥胖的你
即可腾空而起，在办公室里任游天地，
或一览人民，或造福汉语。

　　　　选自《天涯》2006 年第 4 期

这个生我养我的女人

郭晓琦

这个女人。这个生我养我的女人。打过我
又疼着我爱着我的女人
这个风里雨里霜里雾里的女人
把漏洞百出的日子缝缝补补的女人
这个挑水的女人，背柴禾的女人，捡枯菜叶子

的女人，酿酒的女人。这个栽瓜种豆的女人

割麦的女人，在大洼上刨洋芋的女人

挖苦苦菜的女人。这个在秋天甩响连枷的女人

簸秕子的女人，搓玉米的女人。在冬天的

旷野上扫走最后一批枯叶的女人

这个编背篓的女人，搓草绳的女人，绑扫帚的

女人。这个栽树的女人，摘果子的女人

这个纳鞋底的女人，拆洗被褥的女人

绣枕头的女人，剪窗花的女人。这个牧羊的女人

养牛的女人，喂猪的女人，穿行在琐碎家务中的女人

这个流泪的女人，微笑的女人，叹气的女人

这个在土地上跪下又站起来，站起来

又慢慢跪下去的女人。这个

踩死一只蚂蚁都会心疼和忏悔的女人

为另一个女人接过生的女人。为另一个女人

梳头、洗脚、剪指甲，穿上寿衣的女人

这个眼睛花了、头发白了、耳朵背了

皱纹密了、腰弯了的女人。这个汗水流干了

血榨尽了，生命耗光了的女人

一生只活在一个叫"胡同"的村庄那么大的女人

我叫"妈妈"的女人，疼着我爱着我的女人

她突然用一根死亡的猛棍把我迎头打倒

把我挖空。挖空——

选自《诗刊》下半月 2006 年第 8 期

钉

郑小琼

有多少爱，有多少疼，多少枚铁钉
把我钉在机台，图纸，订单，
早晨的露水，中午的血液

需要一枚铁钉，把加班，职业病
和莫名的忧伤钉起，把打工者的日子
钉在楼群，摊开一个时代的幸与不幸

有多少暗淡灯火中闪动的疲倦的影子
多少羸弱、瘦小的打工妹在麻木中的笑意
她们的爱与回忆像绿荫下苔藓，安静而脆弱

多少沉默的钉子穿越她们从容的肉体
她们年龄里流淌的善良与纯净，隔着利润，欠薪
劳动法，乡愁与一场不明所以的爱情

淡蓝色的流水线上悬垂着的卡座
一枚枚疼痛的钉子，停留的片刻
窗外，秋天正过，有人正靠着它活着

选自《行吟诗人》总第 9 期，2006 年 8 月

绝句

李以亮

阉人也有恼人的性欲
委琐之辈也有小小的愤怒和委屈
孤魂，也要望一眼故乡
野鬼更想有他的藏身之处

选自《诗歌月刊》2006 年第 9 期

父亲的葬礼

张曙光

就在母亲死后的第二十三个年头
我们又把父亲的骨灰
安放在了她的身旁。
在葬礼上，我最小的叔父——
现在也是唯一的叔父——
木讷而拘谨地站在
我旁边，仿佛这葬礼是为他
而举办。远道而来的亲友们
把一朵朵白色的菊花
撒在了父亲的身上——

2005 年的夏天。一场飓风

袭击了美国，在中东，自杀性爆炸

每天——几乎每天——都在发生。

战争、灾难和瘟疫，只不过是

死亡最为常见的面具——

我们熟悉这面孔，但这次

却显然不同。我经历了太多的

死亡：母亲，舅舅，奶奶

姥姥，和两个叔叔，而现在

是父亲。而就在把父母

合葬的前一个晚上，我梦见

他们坐在一起，年轻而喜悦

似乎从死亡的阴影中走出

（而我们仍徘徊在里面）。

死亡是一件严肃的事情

只是要以死者作为祭品。

现在是冬天了，他们的墓地

被厚厚的雪所覆盖。

但很快——当春天来到——

花朵毛茸茸的脑袋会从

大地探出，睁人闪亮的眼睛

好奇地看着，并参与着

永恒的生命循环。

选自《剃须刀》2006 年秋冬季合刊

残雪

田原

像冬天遗忘在大地上的
一只耳朵
没有谁知道它在聆听着什么

赤条条的树木显得更加挺拔
像一把把竖琴
被西北风弹出声音
无法掩身的鸟
憎恨着落叶的背叛
在光秃秃的枝丫上
提防着准星后的眼睛
然后，用自己的翅膀
驮走自己的啾鸣

对于周围的动静
残雪始终无动于衷
像一块凝固的冬天
它的冷酷与季节无关
当太阳步履蹒跚地
从被雪水濡湿的大地上走过
残雪一边承受着阳光的刺杀

一边把满身疮痍的身子

贴紧大地

雪融化了

覆盖的欲望

在残雪的身上没有破灭

在太阳的眼里

残雪也许是顽固的抵抗者

但在大地的心中

它却是聆听蛰伏于地下

春蠢蠢欲动的

使者

选自《十月》2006 年第 5 期

踱步

牛庆国

谁在敲门

谁举着榔头　把钉子敲进

冻透的墙壁　和深夜

隔壁的驴圈里　一头毛驴

在踱步

想起年前

我在兰州打电话给父亲

问爸你好吗　我妈好吗

还有咱家的毛驴也好吗

父亲分明说　毛驴也很好

很好的毛驴

怎么晚上也睡不着觉呢

一个村子都睡着了

只有一个诗人和一头毛驴醒着

毛驴叩问大地的声音

被我又一次听见

选自《人民文学》2006 年第 10 期

空气中的母亲

汤养宗

现在，母亲已什么也不是，母亲只是空气

空的，透明的，荒凉与虚无的

空气中的母亲，不公开，不言语，不责怪

一张与我有关的脸，有时是多的，有时是少的

现在，母亲已什么也不是，母亲只是空气

摸不到，年龄不详，表情摇曳

空气中的母亲，像遗址，像踪迹，像永远的疑问

够不着的母亲，有时是真的，有时假的

现在，母亲已什么也不是，母亲只是空气
飘着，散着，太阳照着，也被风吹着
空气中的母亲，左边一个，右边也一个
轻轻喊一声，眼前依然是空空的空空的

选自《人民文学》2006 年第 10 期

伤口

寒烟

如果我有一个伤口
那肯定是世界从我这儿拿走了什么

那年冬天，我带着半颗心
走向大海

不是去寻找另外半颗
只想碎得更彻底，像一个末路狂徒
因此，大海的闪光才被我看成
一万把斧头的锋芒

一个伤口里有挥霍不完的黑夜
每个黑夜都是被眺望固定的尽头

大海泛滥我全身的血气

让我安静，让我着迷

只有这更大的伤口才能把我安慰

只有这儿才有为伤口保鲜的盐

选自《凝望》总第 1 期，2006 年 11 月

归宿

叶延滨

一个富有而血统高贵的贵族死了

他的富有早为这死亡的到来

准备了一方幽深的墓园

幽深之处还有一冢坟丘

把所有的贪恋埋进了泥土

把所有的贪婪留给盗墓者

这个过程有一个名字：永恒

一个声名远播的政客死了

死在他的名声消逝之前

于是下一个政客为他制作蜡像

留下脸皮，脸皮还比较厚实

掏尽内脏，内脏早已经腐臭

野心换成了一团泡沫塑料

韬略和经纶变成几根木棍

就和这根钢筋条

一起站在这里吧

这个过程有一个名字：不朽

一个穷人中的诗人死了

他和所有的穷人一样

只剩下一个曾经属于他的名字

这个名字因为他的诗句

而被一张张嘴招来呼去

这个名字没有坟墓去永恒

这个名字没有蜡像去不朽

名字无家可归

久久地在这世界流浪……

选自《扬子江》诗刊 2006 年第 6 期

反对

东岳

在下午的聚会上

我第一回碰见的胖子

大说他的反对

反对领导

反对老师

反对朋友

反对同学

甚至他都

反对他爹

像极了诗人伊沙的

我不知要反对什么

但是我反对

在今天下午的饭局上

大家都鄙视之的时候

我与这个方面大耳的

陌生的胖子碰杯

倒不是我认为他对

只是觉得

在这个活得很紧的时代

这种反叛精神

实在难能可贵

像我们追求的艺术

没有反对就没有进步

为什么无巧不成书

这是我归来后的疑问

是接近尾声时他接的

一个电话被所有人识破

我止不住地乐

我不知道对方跟他说了什么

只听见他很小的回答

"是，局长。"

谢谢

严 力

国家占有了所有的地理表面
我只能往下建立自己的内在
政府占有了最大的餐桌
我端着的盘子就成为了我的桌子
社会制度占有了所有的骨节
我只能用血肉搞点情绪的浪漫
学校占有了教育的制高点
我的理论只能打打游击战
妻子占有了家庭的脸色
我只能把镜子擦得更亮一点
孩子们占有了未来
我只能帮他们买鞋
这样的安排
我只能说声谢谢

感动我的中国 2005 年度人物

陈衍强

在馆子门口抓潲水里的饭菜吃的聂老者
到单位收旧书旧报每斤赚 5 分钱的王大娘
爹妈死后蹲在街边给人擦皮鞋的李小燕
为了养活全家午夜还在守着水果摊的赵大贵
每天挑着蜂窝煤往各单元的楼层爬的张二娃
烈日下锄草流的汗珠比收的玉米还多的我母亲
天不亮就上学晚上 10 点钟还在做作业的我儿子
进城卖鸡蛋被小偷摸走 12 块钱的我三婶
被村长踢下身四处上访被治安员拦截的马德华
为给公公治病只要有人出 30 块钱就脱裤子的刘玉兰

选自《新汉诗》总第 4 卷，2006 年

捡垃圾的人

格式

捡垃圾的人是我的兄弟，
他以此为生。
他用半吨废铁换回一个乡下女人，
他用两车烂塑料供儿子念完了小学，

他用一年的伤痛和泪水，打发年迈的父亲入土。

他在垃圾里出没，月色荒凉。
他埋头拯救那些错位的东西。
一个穿蓝制服的人悄悄向他逼近，
夺走了他的秤。他的手在抖，
身体也失去了平衡。他似乎再也抓不住
人们放弃的任何东西。

选自《极光三人行》，2006 年

2007年

清净

小引

哲蚌寺的清晨，我蹲在山间抽烟
点一把烟火，微弱的光线中，一面巨大的佛像铺展于山坡
它的眼神像鸽子，像少年，像所有能飞起来的事物
轻轻动了一下翅膀
左右的人就安静了
安静了，除了天空中云朵滑动的声音

风从东面吹过来，马粪的气味，让我感觉羞愧和不安
而这不重要！花开了天亮了
几百年前的石头，终于拂去身上的泥土
好几次，我都想趋近这威严
一个藏人故意挡在我的身前，他侧身跪下，眼泪
和着诵经声轰然落地
他让我看见了他的悲伤，他让我在这首诗中反复回想

选自《星星》2007 年第 1 期

致敬

江一郎

向一只小小的蜉蝣致敬吧
明知活不过明天
但今天它活着

今天它活着，就要好好活下去
瞧它，在冰凉的水里
在黯黑里
快活地游着
如果长出翅膀
就在水上飞着

为什么要悲伤
为什么要悲伤到死
今天它活着
呵，今天它一定看见
活着的光亮

选自《江南》2007 年第 1 期

家

食指

五十多岁才有的家
——给寒乐

雪夜归来，开了门，家中暖融融
拉开灯，光线很柔和，心头一明
拍打去身上的积雪，脱掉外衣裤
感到外衣罩裤上寒气很重

老伴忙着用电热水壶烧开水
我感到冻僵的脚趾尖火辣辣地有点疼
但换上在家穿的棉靴后，很宽松
走了几步，点上烟，才在沙发上坐定

直到水壶有了甜滋滋的响声
觉身上发热，我想脸一定通红
夹烟的冰凉的指尖有点发痒
暖意使疲惫的我，一动都不想动

水烧开了，老伴为我沏好茶
我专注着茶叶在杯中起伏飘零
心随叶片一片一片地沉下去

房间内只有钟表滴答的响声……

多好的心灵滋养和体力恢复
我深感到劳累后彻底地放松
掐灭烫手的烟头，喝上一口茶
从里到外，透着自在从容

已不再记得寒风中的瑟瑟发抖
也不回想雪夜里的摸索独行
暖暖的家中品着茶，却分明在听
窗外一阵阵呼啸而过的寒风

选自《钟山》2007 年第 1 期

父亲变得越来越小

白庆国

三十年前父亲像武松一样
威猛　有力
一只手就能把我抓小鸡一样
离开地面
父亲是我们家的梁
我们家的日子全靠父亲一人担着

二十年前父亲不再抓我

我已经长大成人

我们家的日子　父亲担一半

我担一半

十年前　父亲已变得干瘦

面对苍茫的日子

我担当了全部

现在父亲已经变得瘦小

我一只手就能把他拎起来

但更多的时候是

我把他揽在怀里

一勺一勺将日子中的甜

放进他嘴里

当我的目光与父亲的目光相遇时

父亲的眼神有点卑琐

父亲已完全没有了过去的高大　威猛

时间把他变得越来越小

小得像一团药布

只剩下伤口

选自《诗刊》下半月 2007 年第 2 期

你无处不在

白玛

我是那清晨披着朝阳去挤牛奶的姑娘中的一个

我有结实的身材和健康的笑容

还会唱一首老掉牙的歌，祖母时期就已流传

有草原，有牛羊，有远道而来的风，我不是孤独的

你就在我眼睛里最亮的光线中站着

在我每一道呼吸的深与浅之间

这思念由来已久，有时躲藏在梦里

有时在我走出帐篷的一刻攸然闪现

有时在弯腰洗去脸上灰尘的一刻闪现

你会不会爱上大手大脚低声唱歌的我？

你会不会爱上穷人家的女儿白玛措木？

所有的星星眨着眼，没有人回答

琴声悠扬，我的泪水滚落草丛中

眼前只有山谷，羊群，格桑花，你不在，你无处不在

选自《人民文学》2007 年第 3 期

四分之三泪水

池凌云

今天，我有许多悲伤
我数了一下，它们一共有四个
像坚硬的纽扣，紧紧靠在我胸前
走到哪里我都带着它们
一个人时就痛快地流泪

我愿意记住他们的名字
一个叫玛莎的小孩，在集中营中写诗
他是世界上最贫穷的孩子
他嘱咐自己要节省。他没有钱可以节省
只好节省健康和力量，节省小小的愿望
他还要节省泪水，因为他还有很长时间需要它们

另一个孩子叫莫泰利，有着同样的苦难
无论多么痛苦，他假装今天可以快乐
把悲伤推到明天
每一天他都对自己这么说
他希望明天不要那么快到来

还有一些我不知道的人
他们是另一些美丽的名字

有着陌生的嗓音和脸孔

他们没有机会对我说出破碎的愿望

然而他们一定很悲伤

他们无法告诉另外的人，他们只是沉默

比起这些人的苦难，我的悲伤

只能算一点点苦涩

就像木头内部传出的锯齿声

被湿润的森林覆盖。没有人看得见

日子在孤独中被浪费

没有爱的一生，使梦想变得空洞

然而，我不应该为得不到慰藉而流泪

当我知道了那些苦难的人

我就与他们生活在一起了

他们今天和我在同一个屋子里

我流泪时，有四分之三的泪水是为了他们

玛莎，莫泰利①，你，以及我不认识的人们

选自《人民文学》2007 年第 3 期

---

①玛莎、莫泰利引自《一个犹太人在今天》，作者威塞尔。

宋红丽

——1 月 16 日《××时报》

谷禾

宋红丽，女，26 岁，1979 年出生

河南省鹿邑县宋楼村人，小学文化

身份证号码不明

1998 年来京务工，当过洗碗工

广告员，在路边卖过假烟和盗版盘

擦过皮鞋，哭过，偶尔笑过，想过死（不止一次）

后到亚运村某工地做炊事一年

欠薪 10 个月无奈离开

2001 年在北京站做过两个月票贩子

羁押 15 天后释放（无记录），录像厅里

结识了四川仔王小峰（她曾经的男朋友）

2002 年 8 月两人同居

两个月后怀孕。流产

又过了两个月

再怀。再流。半年后，第三次怀孕

王小峰人间蒸发

宋红丽咬牙切齿要把孩子生下来

2003 年 8 月，宋红丽花 70 元买下一辆

二手板车，晃悠在通州东关一带

捡垃圾，那里许多住户都认识她——

大肚子河南女人宋红丽

2004 年 4 月 18 日，宋红丽在潞河医院

顺利产下男孩儿小小

4 月 23 日之后换到姚家园市场继续捡垃圾

（其间 5 天为产后休息）

受人蛊惑，曾偷偷到燕莎附近站马路牙子

感染过轻度性病（后治愈）

宋红丽发誓痛改前非

捡一辈子垃圾也不再干这丢人的事儿

累死苦死也要把小小养大

2005 年 1 月 16 日上午 9 时 23 分

宋红丽怀抱小小，身背编织袋

横穿京哈铁路时不幸被一辆飞驰而来的

货运列车拦腰撞飞（像一只鸟）

并当场断气

目击者称，断了气的宋红丽

血肉模糊，但左手死扣着胸前的小小

右手抓住背上的编织袋

几个人都不能掰开

她的板车就停在铁路对面

（到记者发稿仍停在那儿）

估计她是要赶着把捡来的垃圾送过去

希望大家一定吸取血的教训

过马路要格外谨慎

尤其不要带侥幸心理

警方欢迎有爱心的人联系小小的收养事宜

垂询电话 888859××

手机 1390006××××

选自《人民文学》2007 年第 3 期

在肥胖的时代

李元胜

在肥胖的时代，写清瘦的诗

时代越大，诗越小

时代越傲慢，诗越谦卑

每读一次，它就缩短数行

它从森林，缩小到树枝

还在不断缩小

直到，成为尖锐的刺

选自《人民文学》2007 年第 3 期

时间上的米沃什

梁平

与时间纠缠一生的诗人

在最后的时间里，轰然倒下

蓝色的波罗的海在摇动

并且，波及到所有的水面和陆地
这个为时间唱挽歌的波兰老人
被时间覆盖在克拉科夫家中
时间为他凝固了
那些用波兰语写成的诗歌
以尖锐沉重的音符
繁衍成其他民族的语言
缓缓流向世界

这是波兰的一个神话
一个可以用时间制造画面和记忆
并给它赋予庞杂寓意的神话
制造这个神话的大脑
就是一片海
无数种类在海里相互撕咬、相互激活
又在他顽强的波兰语境里
排列出井然的秩序
就像这个人复杂、有序的身份
阔少、制作人、外交官
诗人、教授、流亡者……

时间在他的记录里
永远是惶恐、困惑、悲伤和虚无
所以面对法西斯的屠刀
他有一千个选择，唯独没有选择逃避
在炮火下印刷反法西斯的《无敌之歌》

救赎时间和历史

构成了他诗歌的高贵品质

敏锐、毫不妥协的承担

以及描述人类剧烈冲突中的赤裸

使他站在时间之上，永远

选自《人民文学》2007 年第 3 期

当一个人老了

耿占春

当一个人老了，才发现

他是自己的赝品。他模仿了

一个镜中人

而镜子正在模糊，镜中人慢慢

消失在白内障的雾里

当一个人老了，才看清雾

在走过的路上弥漫

那里常常走出一个孩子

挎着书包，眼睛明亮

他从翻开的书里读自己

其他人都是他镜中的自我

在过他将来的生活

现在隔着雾，他已无法阅读
当一个人老了，才发现
他的自我还没诞生

这样他就不知道他将作为谁
愉快地感知：生命并不独特
死也是一个假象

选自《十月》2007 年第 2 期

和上帝相遇在某个瞬间

晓音

某个瞬间，大树轰然倒下
起伏的枝条上，许多蚂蚁的庆典

这好像是一次偶然的事件
巫师念动咒语，歧途延伸
大地的伤口上飞翔着草籽和火种

但是——
这一次的灾难非同寻常
这一个瞬间朝着天空的面孔

暗淡而暧昧，没有人知道

四处逃跑的飞鸟以卵击巢

是谁引领着亡灵的祈祷

大地、河流、生育和消失

这不是一次偶然的事件

像火花划过夜空，那些耀眼的光芒

掠夺了我们本已卑微的生存经验

目光所到之处，我们的冷，我们的热

我们的生命

都不足以与这偶然发生的事件对峙

灾难迫使我们彼此靠近

彼此疏离。每一次的偶然

都像一粒惊世骇俗的种子

萌发内心最最隐秘的东西

上帝，您总在我们毫无防范的时刻

突然降临

选自《女子诗报·2006 年鉴》，华夏民族杂志出版社 2007 年 5 月版

每一头猪都有最疼痛的一日

余笑忠

那还不是它们大限到来……而是它们中
公猪不再被确定为公猪
母猪不再被确定为母猪
劁猪人有一柄闪亮的小刀

最疼痛的一日，劁猪人的一只大脚
踩住它们的身体
一截小肠子被掏出，一把锅底灰匆匆敷上
劁猪人总是说他干得漂亮

有时，他冷不丁转过身来
晃着带血的小刀，冲着我们这些小毛头
比画几下

选自《诗歌月刊》2007年第5期

缓慢地爱
—— 献给我的妻子

唐力

我要缓慢地爱，我的爱人
当我坐在这个屋子里
我要缓慢地爱着这傍晚的夕光
从窗前移到窗台。我要缓慢地爱着
这些时间。我要把 1 小时换成
60 分，把 1 分换成 60 秒
我要一秒一秒地爱你
就像我热爱你的头发，我也是
一根一根地爱，把它们
一根一根地从青丝爱成白发
而其他的人只会觉得，一瞬间
飞雪就落满了你的头颅
就像我在你的眼角，热爱你的鱼尾纹

我也用 60 年的光阴，一丝一丝地
热爱。就像我们并排而坐
我们中间有 0.5 米的距离
我就会把它分成 500 毫米，一毫米
一毫米地热爱。仿佛永远没有尽头
就像在艰苦的日子里，我爱你的泪水

我也是一滴、一滴地热爱……

在我缓慢的爱中，我飞快地
度过了一生

选自《诗刊》上半月 2007 年第 6 期

百年之后
——致妻

大解

百年之后　当我们退出生活
躲在匣子里　并排着　依偎着
像新婚一样躺在一起
是多么安宁

百年之后　我们的儿子和女儿
也都死了　我们的朋友和仇人
也平息了恩怨
干净的云彩下面走动着新人

一想到这些　我的心
就像春风一样温暖　轻松
一切都有了结果　我们不再担心
生活中的变故和伤害

聚散都已过去　缘分已定

百年之后我们就是灰尘

时间宽恕了我们　让我们安息

又一再地催促万物　重复我们的命运

选自《诗潮》2007 年第 7—8 期

遗言

潘维

我将消失于江南的雨水中，

随着深秋的指挥棒，我的灵魂

银叉般满足，我将消失于一个萤火之夜。

不惊醒任何一片枫叶，不惊动厨房里

油腻的碗碟，更不打扰文字，

我将带走一个青涩的吻

和一位非法少女，她倚着门框

吐着烟，蔑视着天才。

她追随我消失于雨水中，如一对玉镯

做完了尘世的绿梦，在江南碎骨。

我一生的经历将结晶成一颗钻石，

镶嵌到那片广阔的透明上，

没有憎恨，没有恐惧，

只有一个悬念植下一棵银杏树，

因为那汁液，可以滋润乡村的肌肤。

我选择了太湖做我的棺材，

在万顷碧波下，我服从于一个传说，

我愿转化为一条紫色的巨龙。

在那个潮湿并且闪烁不定的黑夜，

爆竹响起，蒙尘已久的锣钹也焕然一新的

黑夜，稻草和相片用来取火的黑夜，

稀疏的家族根须般从四面八方赶来的黑夜，

我长着鳞，充满喜悦的生命，

消失于江南的雨水中。我将记起

一滴水、一片水、一条水和一口深井的孤寂，

以及沁脾的宁静。但时空为我树立的

那块无限风光的墓碑，雨水的墓碑，

可能悄悄地点燃你，如岁月点燃黎明的城池。

选自《诗刊》下半月 2007 年第 8 期

一个词着火了

谭延桐

一个词着火了，我看见
一个词把自己和别人一起照亮了
我还看见，这个词越烧越旺
眼看着，就把另外一些词也烧着了
我不知道该救
还是不该救，我不知道该像别人那样悄悄躲开
还是继续留在这儿
看它如何蔓延，创造一个故事

我知道，此刻
我身上的这些光是借来的
我知道接下来的故事究竟是一个什么样的故事
我知道，知道得太多
未必就是好事

可我还是
想，知道很多很多，就像那个词
以及那个词所接触的所有所有的词

选自《星星》2007 年第 9 期

地狱中的自画像

育邦

他坐在对面
未知的方向赋予他以面貌
他要讲述过程与事物
以及它们背后的秘密

有一朵花
从他的脸上长出来
突然对我说话

我以沉默做武器
不声不响，与它对峙

而他却已赤裸着站立
泰然自若地行走在烈火中
花朵与他的面孔
渐至消失

选自《诗歌现场》总第 3 期，2007 年秋季号

生一个孩子就叫格瓦拉

徐颖

戒掉啤酒

戒掉咖啡

戒掉眼泪

戒掉口红和高跟鞋

辣椒和巧克力

我要生一个孩子，叫他格瓦拉

叫那个奔跑在丛林里的男人

一个叼着烟头的大胡子，浪漫冒险家

叫一片既爱又恨的土地

一场不大不小的地震

我的孩子，格瓦拉

穿上防弹背心

穿过厨房

穿过整个的拉美大地

穿过一片英雄埋伏的苜蓿地

我要生一个孩子

叫他格瓦拉

我要让他的父亲事先熟悉草药

熟悉暴力、不公和救赎

要以爱情的名义

是复活，而不是纪念地

为我种下格瓦拉

要让这个孩子

爱上他的父亲

爱上我，爱上美洲的树木

也爱上亚洲的鲜花

我要让这个孩子一出世

就用左手向世界打个

独特的招呼：切——

我是格瓦拉。切——

就是格瓦拉

选自《星星》2007 年第 10 期

打扫狂风

安琪

这一年的风来得狂，出乎她的意料，我看见

她在风中挣扎

忍住胸口的痛，忍不住，眼里的泪

精神几欲分裂，已经控制不住喊出了声又

生生咽了下去

这一年的风狂得莫名其妙完全出乎

神明的意料

生命遭遇强降雨，邪恶有着邪恶的

嘴脸，和健康的胃

这一年邪恶几乎击倒了她

这一年她继续相信善的力量正的力量

相信，时候一到，全部都报

天降大任于她了，顺便把狂风

暴雨、雷霆，降了下来

无可抱怨

这一年是公平的，她吞下了生铁

以便使自己站得更稳

选自《第三极》第 1 卷，2007 年

风的体重

道辉

风吹过，用来敲打骨头的时光

"可能是我再也见不到凶残的梦了。"

当我们能够触摸到诗句中星光的肌肤

胜过天空小白马的住处

和吹气球的小孩的泡沫对着高深发言

它足够把我带到一个神话泯灭的地方

它的旨趣或欲望，是用空阔节省下来——

是那些颓废的习俗未被美丽的查询变换
稍不小心光线就在宿命的穿梭中虚弱问候
"我们一天工作的劳苦和写诗的心情
就会被终生收缩成新精神餐点。"
风吹过墙孔，被屠杀遗落的部分

这是一个寓言让给美好吞食的夜晚——
我们的孩子在草席和梯子周围练习打仗
或者这是，一只马桶和一个贼的血肉，变成
我听见风中敲打骨头的派出所的响声

——我看见带鹰冠的人儿自废墟深处闪现圣光

风同时也吹来呼喊，像对着我们说出：
"梦却是另一个无法争斗的遗落的世界。"

选自《陆》创刊号，2007 年

城市变奏

税剑

我生来没有自己的躯体
以亡命者的姿态奔走

我生来没有自己的思想

以被动者的姿态奔走

　　——泰然唱片《虚幻》

我在这时代可怕的历史洪流中浪迹一生，命若游丝

这石头建筑的城市，石头骨骼、石头心脏

人类石化的心冰凉如雪、冷酷如雪

请给所有的屋子都安装上铝合金门窗吧，用5mm浮华玻璃

最好全部采用钢结构，请再造一个流焰绚烂的黑色地狱

我看见烟火美得冒泡，而夜是一个缄默、非实体的宇宙秘密

人类用蝗虫的大腿奔走，中小型机动车蠕动在高架上

这灰色的城市怪物、这上海的柏林墙

这些蠕动的小甲虫在上面放屁、争吵、抢道

擎天大柱上雕刻九条龙的图腾，头全部向下、直指地心

和尚在揭露天机后不久便死去，市长用图腾镇住了魔鬼

高架旁灰色建筑在绿色安全网里密谋，自足、逻辑地构建音符

附着在墙上的塔吊相互打着寒暄、议论市长被停职的事件

菜市场的地摊上已摆出陈良宇堕落的地下刊物、内部专著

无数诗人也拿着他们的赝品沿街叫卖，然后一哄而散

他们割断历史割掉脐带出卖自己的灵魂

他们愿意在江湖做一个棍客、泼妇、小丑，以此来维系卑琐的生命

乞丐翻着白眼，娼妓在冬天穿着吊带

平躺着拿一面镜子观察下身是否已得性病

然后假装守住阴户像守住法门

其实我们都知道一小沓红钞票就是一块红砖，敲门是多么简单

城市里处处仙乐飘飘、歌舞升平

纵情声色，他们中了政客的圈套

魏晋社会委靡，兴炼丹、练气功

我们的时代盛行壮阳，吃动物的鸡巴、捏魔鬼的乳头

一西湖的壮阳酒又怎能拯救一个肾亏的民族

我轻易经历和抵达恶，像沐浴冬日暖阳一样平常

放浪行为让我的思维直指人性咽喉和心脏

新闻如此荒谬绝伦，后来发现这实在太过正常

再后来发现如果没看到荒唐的事情反而激不起自己的半点兴趣

我依然清醒而执著地依赖着荒诞，此外，我还想揭开时代的疤痕

对视痛苦、无序、丑恶以及燃烧的玫瑰

你告诉我，我还年轻

但我说我已早衰没有力量我只有奴性和卑微

我所有骨头僵软膝盖骨破裂手臂举不起尊严

我古老的忧伤也不合时宜

我只是存在于这里，捏碎石头的骨骼，并看着它长出骨痂

寒夜漫长，长歌当哭，哭泣后阳光下又重复融化的笑颜

众多硬朗的生命区别于苟活者之外，我惊异于他们

如何蠕动于林立的血汗工厂、淫荡旅馆、歧视商店、高价菜场

如何咬紧满嘴的牙应付生存压力忍受悖谬荒诞

如何吞下苦水吞下心底的呐喊和不满

我们以各自独特的方式消化着苦痛

雨水将打湿这个城市，然后经大雪覆盖

雪亮的雪，如人类一样愚蠢而可怜的人类

这个时代没有疤痕，它的伤口一直在流脓

我们都在往一个洞里挤，可洞又实在太小

洞里塞满了棉花但我们没有丝毫暖意

洞里塞满了各种动物但这不是诺亚方舟

洞里塞满了垃圾粪便呕吐物淌着流出的脓

我们摸索着走啊跟着傻子走啊，面目浮肿

这宇宙的黑洞如此漫长如同雪漫长的忧伤

广厦千万间，我们寄生于低矮的拆迁房、动迁小区

眼界世界宽，我们在洞里爬行、交媾、蜗居

来来来，来饮尽这最后的苦酒和吃完最后的圣餐

来来来，把广阔世界放在肚子里化成血、化成脓、化成汤

来来来，点燃篝火制造这末世的狂欢我们欢聚跳舞朴实简单

慢慢慢，先等我把这个偌大无边的屁放完

选自《活塞》总第 5 期，2007 年

卑微者

宋晓贤

后来，我们说起那些残酷的事情时

有人曾向父亲问起他在"文革"中的情形

他有点含糊其辞，只说最厉害的时候也被放过飞机

没有细节，他似乎为自己没有受那一类大苦而愧疚

有一天，我去探望患肝癌的朋友

见了面，朋友对我腼腆地一笑

似乎为自己得病劳动朋友来而表示歉意

有时候，我觉得他们是同一个人

他们万事不求人，不惊动众人

众人也不为难他们

他们本可以平安地活着，平静地死去

但是追问与探望，对他们都构成一种伤害

他们不得不就范，被动地迎合

于是，在人前，他们总是歉疚地

赔着笑，并且手足无措

选自《葵》总第 8 期，2007 年

皮诺切特死亡观礼

徐江

不清楚他

到底死于哪天

电视台的新闻上

两个知识分子在评点

他和她没告诉我的人民

91 岁的智利前总统

是世上除前纳粹分子外

最可耻的老人

他们提了政变
独裁
经济奇迹
有点羞涩

有点沾沾自喜
主持人以
"杜蕾斯"的柔软迎合着
镜头闪过入殓

皮诺切特痴呆
皮诺切特戎装
皮诺切特受审
我热爱的两个诗人

巴勃罗·聂鲁达
在他的政变中失踪
尼卡诺·帕拉
在他的政变里死于监狱

选自《葵》总第 8 期，2007 年

2008^年

别让逝者悲伤

——别余虹

马莉

你到遥远的地方，是我不敢去的地方
是许多人只敢想像不敢去的地方
有谁知道那个地方，在我们出生之前
母亲父亲被神灵指引埋下亲爱的种子
竟然长成我们这棵身体之树，竟然
用我们的哭声喊醒自己，有谁知道出生之前
秘密已被预言，每个人以不同方式离开世界
有人说，对你过分的赞美就是对生者的谋杀
朋友，不要理会它们，不要理会它们
你就是你，谁都无权对你的选择说三道四
我用眼泪为你构筑一堵尊严的铁壁铜墙
一个人连生命都抛弃了，活人还能说什么
说什么都不重要，重要的是努力地活下去
重要的是，同样为了尊严，别让逝者悲伤

选自《诗选刊》2008 年第 2 期

我再不能忍受这肮脏

青蓖

我因饥饿而想杀人越货，无恶不作

我因骄傲隐藏在高阁，对打开的书本只字未读

我因酗酒的妄想，一直猜测祖父的死期

一些人如期而死，一些人活得卑劣（小人）

我不知道要做小人（鬼话）

还是安排好自己的死亡场所（竹筏）

一处案发现场，不值一提的是脱落的毛发

我穿过所有人斑驳的一生

带走羞辱、厌弃、黑痣下的阴影

我假装神，把自己放入地狱

惩罚我在街角，漠视壮汉欺凌老乞丐

漠视落水狗被再一次落井下石

漠视狐假虎威的二奶

漠视母亲生下我这样冷漠的女儿

只挂心平板车，能否拉走噩梦

还我一个干净的丈夫，一片青山绿水

选自《诗选刊》2008 年第 2 期

神降临的小站

李少君

三五间小木屋
　　泼溅出一两点灯火
我小如一只蚂蚁
今夜滞留在呼伦贝尔大草原中央
　　的一个无名小站
独自承受凛冽孤独但内心安宁

背后，站着猛虎般严酷的初冬寒夜
再背后，横着一条清晰而空旷的马路
再背后，是缓缓流淌的额尔古纳河
　　在黑暗中它亮如一道白光
再背后，是一望无际的简洁的白桦林
　　和枯寂明净的苍茫荒野
再背后，是低空静静闪烁的星星
　　和蓝绒绒的温柔的夜幕

再背后，是神居住的广大的北方

选自《诗潮》2008 年第 3 期

发明一个亲爱的

池凌云

发明一个亲爱的，让她穿上高跟鞋
梳长长的发辫，踩着石板路
来到我们中间。她可以是任何一个
甚至是因为患牙病常常蜷成一团的人
我们有足够的墙壁和门廊
和小剂量的抗生素供她生活

我们一直承受着灾害，却早已忘记
有多少人死于灾害。地震
龙卷风和水灾，无法治理的一切
就像藏在我们身上的洞穴
我们不知道可以用什么来交换
一个完整的躯体

发明一个亲爱的，即使只是一个
微小的人，我们可以告诉她
我们颠沛流离的一生，孤独的
一生，全是因为她
——一个可以抱在怀里哭泣的人
然而，对于你，除了我们
已没有一处安全的地方

你没有别的机遇，你知道你是谁

选自《诗歌月刊》2008 年第 3 期

旅行

唐欣

在广大的世界面前

我还只是个新郎

风儿像歌声在耳边唱响

我真正爱的只是流浪

啊　流浪　好姑娘都在远方

好朋友都在路上

大碗喝酒大块吃肉

快乐得跟土匪一样

可惜我有土匪的心情

却没有土匪的酒量

最后我像被土匪绑来的小地主

昏死在床上

选自《星星》2008 年第 3 期

今夜，写诗是轻浮的……

——写于持续震撼中的 512 大地震

朵渔

今夜，大地轻摇，石头
离开了山坡，莽原敞开了伤口……
半个亚洲眩晕，半个亚洲
找不到悲愤的理由
想想，太轻浮了，这一切
在一张西部地图前，上海
是轻浮的，在伟大的废墟旁
论功行赏的将军
是轻浮的，还有哽咽的县长
机械是轻浮的，面对那自坟墓中
伸出的小手，水泥，水泥是轻浮的
赤裸的水泥，掩盖了她美丽的脸
啊，轻浮……请不要在他的头上
动土，不要在她的骨头上钉钉子
不要用他的书包盛碎片！不要
把她美丽的脚踝截下！！
请将他的断臂还给他，将他的父母
还给他，请将她的孩子还给她，还有
她的羞涩……请掏空她耳中的雨水

让她安静地离去……

丢弃的器官是轻浮的，还有那大地上的

苍蝇，墓边的哭泣是轻浮的，包括

因悲伤而激发的善意，想想

当房间变成了安静的墓场，哭声

是多么的轻贱！

电视上的抒情是轻浮的，当一具尸体

一万具尸体，在屏幕前

我的眼泪是轻浮的，你的罪过是轻浮的

主持人是轻浮的，宣传部是轻浮的

将坏事变成好事的官员

是轻浮的！啊，轻浮，轻浮的医院

轻浮的祖母，轻浮的

正在分娩的孕妇，轻浮的

护士小姐手中的花

三十层的高楼，轻浮如薄云

悲伤的好人，轻浮如杜甫

今夜，我必定也是

轻浮的，当我写下

悲伤、眼泪、尸体、血，却写不出

巨石、大地、团结和暴怒！

当我写下语言，却写不出深深的沉默。

今夜，人类的沉痛里

有轻浮的泪，悲哀中有轻浮的甜

今夜，天下写诗的人是轻浮的

轻浮如刽子手，

轻浮如刀笔吏。

选自黄礼孩主编《诗歌与人：512 汶川地震诗歌专号》，2008 年 5 月

请允许我唱一首破碎的苕西①

林雪

进入安县，看见越来越多的破碎
我们已经有了这么多哭泣
从擂鼓镇到北川的路上，那些
山峦深深忏悔，捧出那汹涌的
石头的眼泪。流淌着，丑陋的
凝固不尽。从前的擂鼓镇
甚至 11 天前的北川
多么安静美好。她们从不缺少什么
任白云和羌笛飘在鹰翅一样高的山顶
玉米在碉房顶上脱水。花椒
在阳光下暴裂。她不缺少什么
弓箭下完整的山河，歌词里
抒情的句子。从大禹时代，就开始
寻找的语气。不可侵犯的女人
和禁忌。她和锦绣一样
圆满，完整，除了年复一年的赞美

———————

①苕西：羌语，情歌。

在这里，我才知道，以前

我用过的"破碎"，从没像现在

我看到的这么绝望、彻底

以至于我怀疑自己，是不是

一直在滥用？

我愿意把破碎这个词最后再用一次

当碉楼在危崖耸立，溜索①的人

从废墟中挖出了锤和锄刀

在半空中停住他的身姿。他对着

远远的道路上，第一个返回家园的人

欢呼。破碎中，我们还有灵魂

是完整的。并且继承着了

"海岸上的大地，以及大地之上。那太阳"②

2008 年 5 月 24 日

选自黄礼孩主编《诗歌与人：512 汶川地震诗歌专号》，2008 年 5 月

颤抖

郑小琼

大地的疼痛与颤抖，打桩机将钢管

---

①溜索为羌民渡过湍急小河的渡绳。
②出自米沃什（Czesiaw Miiosz）的诗《景色》。

插进它的心脏，敲打的轰鸣声空旷，决绝
空旷的天空有鸟恍惚地飞过被剐削的山坡
它裸露出来黄土，雨后，被洗涤过的天空
湿漉的草叶，等待砍伐的荔枝树
跟随打桩机的节奏战栗，我经过工地
大地把疼痛与颤抖传给我，从脚到头
从肉体到灵魂. 我颤抖不停

选自《坚持》复刊号，2008 年春夏卷

杭州途中
广子

金黄一闪就不见了
我当然知道，半小时的睡眠
可以忽略不计。鲁莽的火车
跑在半推半就的暮色里。我忽然觉得
到杭州去也许并不是一个好主意
对面的女士最好不要用余光看人
也不要把胸口的衣领开得太低
夜晚的灯光有牙，会咬掉你的假睫毛
而这时候的春天还有些嫩
需要一阵风来掩饰慌乱和无知
就像金黄一闪不见了，仿佛
刚才还在窃窃私语的两朵

油菜花：一眼就看穿了我的丑陋

选自《坚持》复刊号，2008 年春夏卷

夜行

李轻松

在你幽暗的身体里，我走遍大地
每条河流都不发言
却并没有放弃立场。

这短暂的一个夜晚，草木袭人
我卸下了今生的道具
露出血肉。不再一个人挣扎

我喝过了水，却依然口渴，
半夜里起身凝视。想逼出今生的真相
爱做过了，却依然没有打开自己

任何一条窄缝儿，我都无须侧身
我从不用思想穿行
有时我的皮肤可以预先抵达

选自《坚持》复刊号，2008 年春夏卷

洗脑学丛书

臧棣

从吹向四月的风中，截取
并制作出这音乐，既然你的名字里
飘着北京的柳絮，那也就没什么好隐瞒的。
欣赏完桃花，再欣赏喜鹊的小运动鞋。

枝条的每一下颤动，都会有一层无法洗掉的绿
渗向复杂的心理。如此，著名的洗脑
很容易被编入新内容。下面将要出场的是
语言和现实的双人舞。扭胯的语言

搂着挺胸的现实，转着快圈，
将整个现场介绍给道德的记分牌。
人不现实，比人太现实，更暧昧，
更多内部的消息，更诡谲于生命的张力。

选自《坚持》复刊号，2008 年春夏卷

他却独来独往

东荡子

没有人看见他和谁拥抱，把酒言欢
也不见他发号施令，给你盛大的承诺
待你辽阔，一片欢呼，把各路嘉宾迎接
他却独来独往，总在筵席散尽才大驾光临

2008 年 7 月 16 日写于九雨楼

选自《东荡子诗选》，黄礼孩主编《诗歌与人》总第 31 期，2013 年 5 月

虎血摇荡的山峦

发星

你不能离开他们
他们时时住在你的骨头中
敲击着生存的黑色血

你天天在他们的背上种植洋芋
然后收获这些新鲜的呼吸
你的意识中始终奔跑着一匹闪魂的雷鸟

雷鸟的巨翅遮住了翅外的黑暗

使你只看见祖系的酒杯念经的法器

还有孩子纯白如雪的光屁股

选自《独立》总第 14 期，2008 年 8 月

一个人

邓朝晖

一个人在走

街上飘着细细的雪花

一个人轻轻地唱

"雪花飘飘，北风萧萧"

一个人坐在环城而去的车上

一个人经过那些熟悉的街道　桥梁

隐蔽的草叶

一个人经过自己心中的山河

一个人站在清凉的国土上

低声啜泣

世界啊

我只是在寻找一个

和我说话的人

选自《诗刊》下半月 2008 年第 8 期

风雨中的写作

肖铁

狂风暴雨中　我在考虑

怎样把情节铺叙得朴实　沉静

笔尖儿不至于失去重心

思想不至于失去重量

移过一本厚书　用它压住白纸

使素雅的纸张不至于过分翻卷

故事里　主人公的路径

暂时还不至出现太大险情

风雨交加　我在想

——这样也好

想象会更疯狂　叙述会更冷静

听听雨声　好过听

——吵架声　麻将声　吆喝声　媚笑声

其实这些也都必不可少　都能煎炒众生相

雨越下越大　电闪雷鸣

雨水从门窗的缝隙涌进来

从人性暴露的缝隙涌进来

给写作思路增加了更多不确定性

一次次耀眼的电光石火

让蜷缩在屋檐底下的流浪者

刺痛　并浑身发冷

风雨交加　雨水冲走了

国民抛洒在城市角落里的多彩秽物

冲走了写作者　头脑发热时

一段段毫无必要的议论抒情

可是　你又不得不承认啊——

一颗心对现状萌生出诸多不满

稍不克制　情绪就会失控

雨水来得真是时候

故事里的大街小巷　一下子明丽干净

众多人物的头脑

像秋天深处的果园一样清醒……

选自《山花》2008 年第 8 期

风过喜马拉雅

安琪

想象一下，风过喜马拉雅，多高的风？

多强的风？想象一下翻不过喜马拉雅的风

它的沮丧，或自得

它不奢求它所不能

它就在喜马拉雅中部，或山脚下，游荡

一朵一朵嗅着未被冰雪覆盖的小花

居然有这种风不思上进，说它累了

说它有众多的兄弟都翻不过喜马拉雅

至于那些翻过的风

它们最后，还是要掉到山脚下

它们将被最高处的冰雪冻死一部分

磕伤一部分

当它们掉到山脚下，它们疲惫，憔悴

一点也不像山脚下的风光鲜

亮堂。

我遇到那么多的风，它们说，瞧瞧这个笨人

做梦都想翻过喜马拉雅。

选自《十月》2008 年第 5 期

还原

林之云

墙壁倒下来，还原成砖

砖，还原成碎块

水泥掉下来，加上雨
还原成水和泥。
泥石流和石头
还原成凶手。房屋坍塌
死在地基上，村庄披头散发
还原成无边的荒凉

电停了，还原成下午
接着是黑夜
信号断了，还原成呼喊

呼吸停了，还原成静寂
笑声没了，还原成哭泣
哭声消失，还原成紧咬的牙关
哭声又起。这是爱的还原
从远处漫过来

骨头断了，还原成血
目光还原成盼望
双手还原成工具
走动还原成艰难的爬行

大人倒下了
还原成睡熟的孩子
孩子死去，还原成最小的祖先

生命倒下。还原成虚无

生活倒下。又还原为站起

向前继续

选自《山东文学》2008 年第 10、11 期合刊

······说谎者

宋晓贤

我认识

说话的说谎者

写字的说谎者

行动的说谎者

我也差不多就是

我们用嘴巴撒谎

用噪音最小功率最大的扩音器撒谎

用文字撒谎

用成吨的进口新闻纸和铜版纸撒谎

我们用散文撒谎

用小说撒谎

用议论文撒谎

用说明文撒谎

用书信体撒谎

甚至用诗歌撒谎

心里有谎

谎言如墨水

从笔尖汩汩流出

选自《诗参考》总第 26 期，2008 年 11 月

群羊

孔灏

一只羊必定是孤独的，而一群羊

更孤独！　在呼伦贝尔

我看到一群羊的孤独

加重着白云的分量

远方是大河，是浸润在羊的眼睛里

清亮亮的沉默。风吹草低呵

青草弯下了去年的腰身

羊群按住了牧歌里的大风……

从眼前到天边，从今夜

到明天。谁的流浪被草原遗忘

谁的身影被草尖的露珠

交还给一只羊

一只羊必定是孤独的，而一群羊

更孤独！　在呼伦贝尔

有一只羊平静地看了我一眼

有远方的大河　　平静地

流逝在　　我和羊群身边

选自《诗刊》下半月 2008 年第 11 期

大河南岸

蓝蓝

有毒的血，仇恨的继承者

被抛弃的一群中受驱赶的贱民

你们的黑名单在厄运里痉挛

丰沃大平原的河流宛如针头下

密密麻麻的血管；而血在供养

美酒、银行，血供养餐桌的肥胖

黑金子的矿区，在产值红线的高处

塌陷。煤炭在支付阎王的债务

它需要脑浆增加黑暗的分量

卖菜和水果的小贩，秤砣称量着

所有公正的缺斤短两

假货、假话——那便是我们整体生活的真相！

被诅咒活捉，贫穷追赶的一群

自己家园的入侵者。河南人

我截断的肢体

夜晚在城市劳作的动物，垃圾和幽灵

没有人能看到你们的脸——

太阳只照在黎明时矗立起的

　　一栋栋崭新的高楼上！

选自《诗歌月刊》上半月 2008 年第 11 期

无能之歌

阿斐

我想歌唱祖国

想用最陶醉的声音歌唱

我想歌唱春天

想用最优雅的声音歌唱

我想歌唱爱情

想用最甜蜜的声音歌唱

我想歌唱自己

想用最温润的声音歌唱

我想歌唱一切
我想歌唱……

可是我的喉舌不见了
我的喉舌不翼而飞

可是我的声腺不见了
我的声腺被谁阉割

可是我的嘴巴不见了
我的嘴巴落荒而逃

可是我的身体不见了
我的身体化为乌有

所以我选择愤怒
在愤怒中沉默不语

所以我选择沉默
在沉默中忧伤而泣

所以我选择忧伤
在忧伤中面向死亡

所以我选择死亡
在死亡中重获新生

我当然也可以选择爆发
在爆发中迅疾突围

我当然也可以选择突围
在突围中亡命狂奔

我当然也可以选择狂奔
在狂奔中极速燃烧

我当然也可以选择燃烧
在燃烧中化作灰烬

只是我胆小如鼠
连尊严都尽数奉出

只是我力不缚鸡
一记黑拳都无法承受

只是我疑虑重重
地狱的风景历历在目

只是我命贱如草
梦里仍把孤魂死死攥着

选自《诗歌现场》总第 5 期，2008 年冬季号

秋风辞

蓝冰丫头

这十七年，被我过得很熟悉了

这一次披在身上的秋风

那么地合心意

在夜里，我独坐天下

我说：孤

孤爱这盛世里走着的一个男子

他身上有霜

嘴绒细致，竖着的白领子

归我所有

他刚刚经过了车站

他朝我飞来

啊，十七年等的就是这一天

我决定不生气了

我说：那个谁，孤命你速来爱我

趁我还没有大理想

趁我心中刚刚泛起了微澜

选自《诗选刊》2008 年第 11—12 期

1965 年

张曙光

那一年冬天，刚刚下过第一场雪

也是我记忆中的第一场雪

傍晚来得很早。在去电影院的路上

天已经完全黑了

我们绕过一个个雪堆，看着

行人朦胧的影子闪过——

黑暗使我们觉得好玩

那时还没有高压汞灯

装扮成淡蓝色的花朵，或是

一轮微红色的月亮

我们的肺里吸满茉莉花的香气

一种比茉莉花更为冷冽的香气

（没有人知道那是死亡的气息）

那一年电影院里上演着《人民战争胜利万岁》

在里面我们认识了仇恨和火

我们爱看《小兵张嘎》和《平原游击队》

我们用木制的大刀与手枪

演习着杀人的游戏

那一年，我十岁，弟弟五岁，妹妹三岁

我们的冰爬犁沿着陡坡危险地滑着

滑着。突然，我们的童年一下子终止

当时，望着外面的雪，我想

林子里的动物一定在温暖的洞里冬眠

好度过一个漫长而寒冷的冬季

我是否真的这样想

现在已经无法记起

选自《上海文学》2008 年第 12 期

我生下来就是为了歌唱

曾德旷

我生下来就是为了歌唱

我生下来就是为了像一个流氓无产者

在祖国的大地上四处游荡

我生下来就是为了把令人揪心的哭泣

变成动人的歌唱着的黄金

或者把从未去过的远方

当成老人们传说中的天堂

我歌唱希望，也歌唱绝望

我歌唱欲望，也歌唱从未降临到自己身上的爱情

我歌唱如花似玉的少女，也歌唱年老色衰的妓女

我歌唱寒风中颤抖的乞丐，也歌唱坐在街口补鞋的鞋匠

我歌唱从一个煤矿退休后去广东打工的父亲

也歌唱他那一条在一次工厂事故中受伤致残的腿

我歌唱挑着粪桶去屋后菜地淋菜的母亲

也歌唱她那曾经给我生命如今日益枯萎的阴户

我歌唱进入我脑海中让我感动的一切

我歌唱自己，也歌唱身边让我痛苦的世界

我生下来就是为了歌唱

我歌唱赶集的农民，也歌唱上学的孩子

我歌唱胆小的花蛇，也歌唱鲁莽的牛犊

我歌唱新生的婴儿，也歌唱垂死的老人

我歌唱进入我脑海中让我感动的一切

歌唱祖国，也歌唱印度和非洲

但我的歌啊，你为什么总是这样喑哑

为什么我总是觉得有一双看不见的手

一直在封锁着我歌唱着的喉咙

为什么我总觉得自己一直走在童年的泥泞中

我的歌啊，你飞吧

飞到我的足迹无法到达的远方去

飞到那些最需要你的穷苦人的身边去

飞到那没有欺骗没有贫穷也没有暴利的地方去

飞到你可以自由自在地飞翔的地方去

我的歌啊，你飞吧，你飞吧

选自《2007 低诗歌年鉴》，2008 年

赶刮节

徐慢

他的新病和他的旧病加在一起

他的悲伤和他的恍惚加在一起

病床和病床加在一起

白衣服用微笑包裹住厌恶

从疾病中慢慢套用出他的灵魂

一粒成分不明的药丸替代了门诊

细菌在他的咽喉里披麻戴孝

头重、声音重、步履重、抚摸重

高山重、烟囱管重、钢铁重，重工业重

他不停地咳嗽，肺在胶囊里挣扎

病房外的霞光铺满树梢，窗户就是渠道

病房里的漆黑装满眼眶，死亡正向针筒取证

除了咳嗽，目前的环境叫鸦雀无声

他生的欲望被设置了三层密码

他尝试着坐起，像一条细长的蚯蚓

曲线的爱好者，曲折的散步者

弯曲的沉思者，他躯体的任何角度都构成学问

躯体内的血球蔑视着病房四周的墙壁

挂点滴的吊钩，视觉外围空空的小洞穴

想想那些没有血的小生灵，想想

轻轻一碰就成疑团的血蚂蟥

好了，趁着热量和光还储藏在心间

忧郁今天要发挥作用，肉缩水

骨骼无端地变得巨大起来

他头低着，双手合拢，从暧昧里取出回忆

从记忆里取出病原体

他针对躯壳留下抒情式的遗言

他希望在两块生命中断的地方长出新的肉糜

选自《存在》总第 7 期，2008 年

阿卓务林

阿卓务林

我的母亲是都尔马基加角阿果

美人普母尼依的孙女。我的父亲

是阿卓俅木惹，英雄赤格阿鲁的孙子

我也阴差阳错成了凉山土著的后裔

人们用来欢迎我的，是一头瘦弱的母猪

或一只肥壮的羯羊，已无从查证

但他们赐予的姓名，戴在头上已有三十年

父亲给的姓叫阿卓，父命如铁桩

雷打而不动，我不敢荒废，朋友们

也经常提到它。母亲取的名叫扎摩

母语似墨印，高贵而典雅

除非大我一辈的长者，一般人

我不告诉他。奶奶给的字叫务林

比我年长的，比我年幼的，比我大的

比我小的，大家但叫无妨，我随叫随到

表妹取的外号叫春天，那是因为

我有一张常开的笑口。大嫂取的别名叫瓜罗

那是因为我们村子，有过一位叫瓜罗的地主

他是一个笨拙的好人，天生没有方向感

后来上学读书，直到今天在机关当公务员

仍然沿用的，是老师取的一个十分普及的名字

叫罗斌，但在我所有的名字中

它已经算是福利待遇最好的一个

这些名字都平淡无奇，一点也不像活生生的我

至于阿卓这两个字，我一直把它视若

不可转让的传家宝，因为它曾是我祖宗的名字

选自《诗》第 13 卷，2008 年

中国，我的钥匙也丢了

徐乡愁

我的钥匙也丢了

但跟祖国没有关系

我记得是把钥匙挂在腰间上的
开门的时候却摸了个空
这就叫丢了
我可以到街上去再配一把
或者干脆把锁撬开
还有个办法就是耐心地等一等
我们家的每一个成员
他们身上都各有一把相同的钥匙
所以这点区区小事
不必去麻烦伟大的祖国

不过
我还是要给祖国提点意见
祖国啊祖国
您能不能把房租降低一点
我们也想坐在明净的窗前
安安心心地
跟祖国抒抒情

选自《大型诗丛·诗》总第 13 卷，2008 年

杀驴

王彦明

在乡下，一头驴
绝对要顶上一个好劳力
套车、犁地、拉磨都少不得
从平地到小坡
从旱地豁出一条口子
从起点到起点
周而复始。
可是一头驴总是要老的
总是要没有力气的
它也会有走不动的时候
过河拆桥、卸磨杀驴
不可避免。一头驴再倔
也倔不过屠夫的刀子
即使躲过刀子
屠夫还会换上重锤
从背后直敲天灵盖
在即将瘫倒的刹那
会有刀子划向喉咙

2008 年

选自伊沙编选《新世纪诗典·第1季》，浙江文艺出版社 2012 年 10 月版

2009^年

最后的练习

史铁生

最后的练习是沿悬崖行走
梦里我听见，灵魂
像一只飞虻
在窗户那儿嗡嗡作响
在颤动的阳光里，边舞边唱
眺望即是回想

谁说我没有死过？
出生以前，太阳
已无数次起落
悠久的时光被悠久的虚无
吞并，又以我生日的名义
卷土重来

午后，如果阳光静寂
你是否能听出，往日
已归去哪里？
在光的前端或思之极处
时间被忽略的存在中
生死同一

选自《诗刊》下半月 2009 年第 2 期

剩下的都属于你

李见心

剩下的都属于你
朝阳刺目，落日锋利，黑夜在云端等着消灭最后
一个移动的影子
我用月光一样的心情潮汐着大海
亲爱的，熬过了今夜
　　　——剩下的都属于你

春天已过，夏日正酣，秋天在枝头等着降落最后
一片颤抖的落叶
我用覆盖着白雪的体温温暖着大地
亲爱的，熬过了这四季
　　　——剩下的都属于你

童年懵懂，少年草率，青春已挥霍完最后的
幻想和美貌
我用中年的耳朵和老年的痴心听着风声
亲爱的，熬过了今生
　　　——剩下的都属于你

人类紧张，地球膨胀，肮脏和贪婪在考验着上帝最后的
耐心和洪水

我们会用绝世的爱做成诺亚方舟，让玫瑰比橄榄枝提前露出头

亲爱的，熬过了这一轮人类

　　——剩下的都属于你

选自《诗刊》上半月 2009 年第 5 期

思念

南人

相见之后

一切都发生了变化

我的眼睛思念你的眼睛

我的嘴唇思念你的嘴唇

我的森林思念你的森林

我的脚趾思念你的脚趾

这让我

想起相见之时

我们身体的每个部位

如同两家一见如故的孩子

眨眼之间就混得厮熟

孩子们玩得那样开心

我们怎忍心

将他们分开

选自《诗歌月刊》2009 年第 3 期

读史

北岛

梅花暴动中敌意的露水

守护正午之剑所刻下的黑暗

革命始于第二天早晨

寡妇之怨像狼群穿过冻原

祖先们因预言而退入

那条信仰与欲望激辩的河流

没有尽头，只有旋涡隐士

体验另一种冥想的寂静

登高看王位上的日落

当文明与笛声在空谷飘散

季节在废墟上站起

果实翻过墙头追赶明天

选自《今天》总第 84 期，2009 年春季号

祭父帖（节选）

雷平阳

原本山川，极命草木
————题记

像一出荒诞剧，一笔糊涂账，死之前
名字才正式确定下来，叫了一生的雷天阳
换成了雷天良。仿佛那一个叫雷天阳的人
并不是他，只是顶替他，当牛做马
他只是到死才来，一来，就有人
把六十六年的光阴硬塞给他
叫他离开。而他也觉得，仿佛自己真的
活了六十六年，早已活够了，不辩，不说谜底
不喊冤，吃一顿饱饭，把弯曲的腰杆绷直，
平平地躺下，便闭了眼

如果回顾他，让他在诗歌中重生
让他实实在在地拥有六十六年
是我的职责，我将止住一个诗人对虚无的悲哀
并尽力放大一个儿子灵魂的孤单
迷雾只为某些人升起，金字塔一样的火焰
炙烤的是狮子、老虎、鹰隼和鬼怪
他上不了桌面，登不了台，一个老农夫的儿子

在有他之前，悲苦已经先期到来，第一声啼哭

便满嘴尘埃。老农夫的妻子

抱着他，逗他："笑一下，你笑一下"

他就笑了，一张被动的、满是皱纹的笑脸，像

老农夫的父亲

心有不甘，隔了一代，又跑回来索取被扣下的盘缠

围着他的棺木，我团团乱转，一圈又一圈

给长明灯加油时，请来的道士，喊我

一定要多给他烧些纸钱，寒露太重，路太远

我就想起，他用"文革体"，字斟句酌

讲述苦难。文盲，大舌头，万人大会上听来的文件

憋红了脸，讲出三句半，想停下，屋外一声咳嗽

吓得脸色大变。阶级说成级别，斗争说成打架

一副落水狗的样子，知道自己不够格，配不上

却找了一根结实的绳索，叫我们把他绑起来

爬上饭桌，接受历史的审判。他的妻儿觉得好笑

叫他下来，野菜熟了，土豆就要冰冷

他赖在上面，命令我们用污水泼他

朝他脸上吐痰。夜深了，欧家营一派寂静

他先是在家中游街，从火塘到灶台，从卧室

到猪厩。确信东方欲晓，人烟深眠

他喊我们跟着，一路呵欠，在村子里游了一圈

感谢时代，让他抓出了自己，让他知道

他的一生，就是自己和自己开战。他的家人

是他的审判员。多少年以后，母亲忆及此事

泪水涟涟："一只田鼠，听见地面走动的风暴

从地下，主动跑了出来，谁都不把它当人，它却因此

受到伤害。"母亲言重，他其实没有向外跑

是厚土被深翻，他和他的洞穴，暴露于天眼

劈头又撞上了雷霆和闪电，他那细碎的肝脏和骨架

意外地受到了强力的震颤。保命高于一切

他便把干净的骨头，放入脏水，洗了一遍

我跪在他的灵前，烧纸，上香

灵堂中，只有他和我时，我便取出刚出的新书

《我的云南血统》，一页一页地烧给他

火焰的朗读，有时高音，烧着了我的眉毛

有时低语，压住了我的心跳。白蝴蝶抱着汉字

黑蝴蝶举着图片，一切都很生僻，为难他了

我想请那个扎纸火的道士，给他扎一个书生

他也该识文断字，打开慧眼。但忍住了，听天由命

他该如何如何，他该怎样怎样，一生

他都在接受，从没选择过，从没发言权　这一次

我们不要插手，不加码，不沾边，不上纲上线

再不能逼他了，一九七四年的冬天，大雪封锁滇东北高原

粮柜空空，火塘没柴，一家人跟着他吃观音土

喝冷水，感觉死神已在雪地上徘徊

一小块腊肉，藏于墙缝，将用于除夕，五岁的弟弟

偷了出来，切了一片，舍不得吃，用舌头舔

他发现了，眼睛充血，把弟弟倒提起来
扔到了门外。雪很深，风很硬，天地像个大冰柜
光屁股的弟弟，不敢哭，手心攥着那片肉
缓慢地挪向旁边的牛厩。牛粪冒着热气
弟弟把肉藏进草中，才把冻僵的小手和小脚
轮流塞进粪里。母亲找到弟弟，像抱着一截冰块
疯了似的，和他拼命。他不还手
胸腔里的闷雷，从喉咙滚出来

像在天边。我们都看见了他的泪
像掺了太多的骨粉，黏乎乎的，不知有多重
停在脸颊上，坠歪了他的脸。他又一次
找了根绳索，把自己升起来，挂在屋檐
一个还没有嚼完黄连的人，想逃往天堂
谁会同意呢？他被堵了回来。五岁的弟弟
从牛厩中找出那片肉，在邻居的火上，烧熟了
递到他的嘴边。他一把抱住弟弟
哭得毫无尊严可言。为生而生的生啊
你让一个连死都不畏惧的男人，像活在墓地上面

一九八二年，水里的青蛙、鱼虾，地下的石头、耗子
埋得最深的白骨，成群结队，跳了出来。它们来到阳光下
寻找和确认它们的主人。土地下放了，每一颗尘埃
有了姓名，每一条沟渠，变成了血管。大地上，到处都是
怦怦直跳的心脏，向日葵的笑脸。他和他的几个老哥们

提着几瓶酒，来到田野的心脏边，盘腿坐下，开怀畅饮
不知是谁，最先抓了一把泥土，投进嘴巴，边嚼边说
"多香啊多香！"其他人，纷纷效仿。用泥土下酒，他们
老脸猩红，双目放光，仿佛世界尽收囊中
醉了，一个个打开身体，平躺在地，风吹来灰尘和草屑
不躲，不让，不翻身。不知是谁，扯着嗓子
带头唱起了山歌："埋到脖子的土啊，捏成人骨的土……"
泪水纷纷冲出了眼眶。就像比赛，他们边唱边哭
有人噎住了，有人把头插进了草丛，有人爬起来，扒光衣服
在田野上奔跑，有人发呆，有人又抓了一把土，投进口中
他睡着了，抱着一块土疙瘩。醒来的时候，身边的人
全都走了，空旷、沉寂的田野，夜色如墨，一丝白，是霜

我的弟弟，四十不惑，跪到了我的旁边，又一条汉子
曾经在我面前，哭得用孝帕死死地捂住双眼
"如果他能活过来，别说纸钱，把我烧给他
我都没有怨言。"弟弟是个民工，也是睁眼瞎
和他同命，有力使不出来，有苦不敢对人言
活在生活的刀刃下。入殓时，他的眼睛留着一条缝
是弟弟帮他关了浮世的门，又顺手拉响天空的门铃
多年来，弟弟举家漂泊，到处卖苦力，但总是两个月时间
回家一次，给他理发，修剪指甲
还领着他去了一趟昆明，爬上了西山龙门
眺望了五百里滇池。照下的相片，他患上老年痴呆症之后
身无长物，却仍然放在贴身的衣袋，偶尔翻出
一看就是半天。弟弟总结：他的六十六年

一直在一根烟囱里，浑身黑透了，向上攀登

刚看到了天，一朵乌云，又遮住了天

选自《人民文学》2009 年第 5 期

高原上的野花

张执浩

我愿意为任何人生养如此众多的小美女

我愿意将我的祖国搬迁到

这里，在这里，我愿意

做一个永不愤世嫉俗的人

像那条来历不明的小溪

我愿意终日涕泪横流，以此表达

我真的愿意

做一个披头散发的老父亲

选自《诗潮》2009 年第 5 期

闻慰安妇自愿说

白灵

森林自愿着火

好让闪电抽亮它的鞭子

房子自动摇晃
方便地牛打哈欠

肉体自己打开伤口
因为子弹要路过

头颅有机会掉落
全因武士刀锐利的仁慈

所有的番薯都剥光了自己
躺满岛上，说：

"来吧，历史，踩烂我
让我好好地爱你们的脚迹！"

选自《创世纪》2009 年 6 月夏季号

玛丽的爱情

沈浩波

朋友公司的女总监，英文名字叫玛丽
有一张精致迷人的脸庞，淡淡的香水
散发得体的幽香。名校毕业，气质高雅
四英寸的高跟鞋，将她的职场人生

挺拔得卓尔不群。干活拼命，酒桌上

千杯不醉，或者醉了，到厕所抠出

面不改色，接着喝。直到对手

露出破绽。一笔笔生意，就此达成

我承认，我有些倾慕她

有一次酒后，借着醉意，我对她的老板

我的朋友说：你真有福气，这么好的员工

一个大美女，帮你赚钱

朋友哈哈大笑："岂止是我的员工

还背着她老公，当了我的秘密情人

任何时候，我想睡她，就可以睡

你想一想，一个大美女，驴一样给我干活

母狗一样让我睡，还不用多加工资

这事是不是牛逼大了？"

我听得目瞪口呆，问他怎么做到的

朋友莞尔一笑："很简单，我一遍遍告诉她

我爱她，然后她信了！"

2009 年 6 月 7 日

选自沈浩波著《命令我沉默》，浙江文艺出版社 2013 年 3 月版

慢郎

陈黎

急惊风的我，寻找你已经半世纪了

慢郎，听说你住在古代中国

（所以又叫慢郎中）很慢很慢

生年不满百可以怀千岁忧的古代

你没听过弗洛伊德，没用过

手机，email，或即时通

焦虑，不安，神经质，镇静剂

这些词汇还没丢进你们的搜索引擎

你不知道什么叫天平座，什么叫

摆荡与反摆荡，什么叫朝九晚五

什么叫高铁，捷运，子弹列车

什么叫快感，快锅，快餐，快乐丸

你们最快，不过是用一把快刀

斩乱麻或抽之断水（而麻照乱

水更流）或者振笔疾书快雪时晴帖

一个月雪融后到达收件者手中

急啊，你知道吗，应该用快递或

宅急便，或者传简讯。我替你着急

漫不经心，慢条斯理，慢工出细活

不是我的风格。我自然也有慢处

我傲慢，我自大，对于不仁的天地

浩瀚的宇宙，那爬到高不及101

大楼的幽州台，前不见古人，后

不见来者，念天地悠悠，独怆然

泪下的陈姓诗人，绝不是我

我轻慢，对千百年来重不可移的

礼教制度国家民族机器

贞洁牌坊纪念柱纪念碑

我谩骂一切我不爽不耻不屑者

而很快地，我的骨头也重得像铜像

我不喝啤酒的啤酒肚，我很轻的

青春，很薄的一夜情，随风远飏

我轻薄一切单调重复僵硬迂腐者

腐儒腐刑腐臭腐旧腐烂文章

而我的牙齿毛发器官也不免

或蛀或落或失色或失灵——

它们来得太快，慢郎，教我如何

慢一点，让它们慢一点

让时间，让快乐，让焦急的心

在这岛上，在现代，在后现代

慢慢地傲慢，轻慢，怠慢

慢慢地老去，朽去，松去

选自《联合报》2009 年 6 月 29 日

糟糕的生活

子川

我已经过惯这种日子

不坐班，不用为一些统计指标流汗

也不用伺候老板

这是一个需要的年代

需要新的车，需要新的鞋

不完全为赶路

需要别人的看重

需要体面

我热衷于寻找

这个时代不需要的东西

从一堆平庸的汉语中

满地找牙一样

找出它们的棱角，拼成新的图案

这想法，颠来倒去

终于弄糟了自己的生活

　　　　选自《星星》2009 年第 6 期

对灵魂说……

潇潇

你要以十万倍的速度快乐起来

把陈年累月的妄想和枷锁

从脖子上取下来扔掉

当你从炼狱中睁开眼睛

做一次深呼吸，摸一摸自己的血脉

在灵魂深处最细微最真实的波动

有多少杂音来自你假想的敌人

有多少梗塞来自你的血亲

有多少坏死来自你阴暗的部分

你不能让一切都成为可能

你只有一副肉身和一颗被逆风吹散的心

学习苦难，接近幸福

让生活中那些重负不要致命

纯粹为自己活一次

最短 60 秒，最长下半辈子

选自《青海湖》"青海湖国际诗歌节特刊"，2009 年 8 月

写给一个叫侯马的诗人

张小波

这些年你在昌平

我对北面就比较放心

一直说要去走走，看看那边的治安和农业

又怕与你无甚可聊。在这个漫长得

没完没了的夏天

中国的事多

我的事也多，直弄得人

身心俱疲，老把淑女作白骨去观

请让我

在这个漫长的漫长的漫

长的夏天休整片刻

不去想那些闹事的喇嘛

不去打扰西南方向的十万亡灵

不再骂婊子养的巴黎

而是低着头，抿嘴微笑

追忆十年前，你和我（you and me）

坐在肮脏的地板上喝

本地啤酒，并排着小便

被同一个寒战打中

我们的生命被偷去了整整一秒

我那时比较有钱，灵魂也甚为高贵

因报国无门而酒量大增

你年轻、贫穷、前途光明

我们还是醉了

共同向天空呕吐

就像把大好的男儿身躯

交给一个陌生的黑衣寡妇

噫吁嘻，他妈的

哪怕最先进的橡皮

也无法擦去，这脆弱的、心碎的一段

哪怕杨胖子（杨黎）和赵丽华

共同写一首最伟大的口水诗

也不能淹没我们俩

日久弥新的情谊

而我这把知识分子的老骨头

依然梗着，甚至卡住自己的喉咙

并不因为做一些细碎的生意

使你无法辨认

选自《十月》2009 年第 4 期

骆驼坳的表姐

田禾

骆驼坳的表姐很穷

她落户的村庄。山多、坡陡。黑夜巨大

她居住的房子。低矮、潮湿。麻雀造窝

她家贫穷。只有木盆、陶钵、陶罐

和三只母鸡。一头老牛，二旺半头，她半头

表姐有胃病，身体瘦弱。我经常看见她

用拳头顶着胸口，去为老牛割草

出入于小寺庙，为早死的男人烧纸钱

对于表姐，土地就是存折，洒下汗水

就是不断地往存折上存钱

那些红薯、麦子和土豆，是每年可取的利息

她用来养活婆婆和儿子

用来治胃病

后来死了，躺在药罐里活了五十五岁

死在婆婆前头

在一张凉席上

摊开她的人生，命薄得就像一张白纸

选自《天涯》2009 年第 4 期

安静

横行胭脂

安静地栽树

等树开花

等风雨来袭击它

啊，我默不作声

安静地走在乡间小路上

倾听蛐蛐的鸣叫

黄昏落下帷幕，萤火虫已经飞走

啊，我默不作声

一生辽远

不知道要下够多少场雨水

爱情潮湿许多人离开了家园

我默不作声

在终了

一群人轮流宣布我的生平事迹

这个人，从没逮捕过一只萤火虫

这个人，死都要死在自己的家门口

这个人从前从斗兽场消失

丢弃了鞭子

现在从人群中消失

留下了良心

这个人，一辈子热爱汉语

而却默不作声

选自《汉诗》2009 年第 3 期

高启武传

朵渔

1

高启武，我爷爷，鲁西单城一乡民，生于民国十一年（公元

1923 年），卒于公元 1988 年春。启武性良善，幼年失怙，家贫无
以计，遂与其兄二人立于黄河故道之大堤下，为过往客商拉车助力
为生。其时尚年幼，孤儿寡母，生计维艰。

河堤记

今天，一小块浮冰的闪光

安慰了他，严厉地，安慰了他

他刚刚哭过，在一阵肠鸣中

在兄弟的教育下，今天

一小块黑窝头安慰了他，长长的

斜坡不再辽阔，四十五度

不再呈直角。

他刚刚哭过，在光滑的草绳里哭

在北风的棉絮里哭

他的兄弟打了他，他不该出门

就喊饿，但今天

一阵和煦的南风安慰了他

河柳安慰了他，他刚到

堤的南岸撒过尿，那泡尿

也安慰了他。他不小了，北平

降下了五色旗，县太爷

改称县长。刚刚，一位安徽的盐商

给了他一口馍，这馍馍安慰了他

母亲做的鞋子安慰了他，每天

在长长的河堤上推和拉，在南岸时

一阵轻快的下坡安慰了他

下坡，他的梦里

都在下坡，因此，他的梦也

安慰了他。刚刚，地主家的长工

捎来消息，母亲让他早点回家

这消息安慰了他，最严寒的冬季

已经过去，柳花开，槐花开

茅根长出喜人的芽，这乐观的

季节在安慰他。他不想再找地方

去哭，不想再与兄弟争吵

长兄为父，难免出格

今天，他想听话，系紧腰里的

草绳，十一岁有把子力气

上坡或下坡，推或者拉

这谋生的游戏安慰了他

民国二十一年，袁大头已

变成冤大头，这消息像笑话一样

安慰了他。

2

公元 1949 年，国色变，耕者有其田。有地富横行乡里者，杀之于田畎。启武娶妻邵氏女，貌姣好，惜跛足。有男二，女三，后皆成人。改元后，启武以家贫，得地数亩，耕作为生。

翻身记

一个男人扛着一副犁从地主家出来

他酷似我爷爷，满心的喜悦带着一丝愧意

另一个跛脚的女人，裤脚肥大，头上一枝花
后面跟着我咕咕叫的姑姑

钟声，枪声，喇叭，"有仇报仇，有怨抱怨"
我爷爷紧闭柴门，带领一家人喝粥

夜里狗叫，不是鬼子进村，是乡上的书记
有人了解他的底细，让我奶奶不要出门

一个地主被杀了，带来了更多的地主
这胆小的男人伸出一只脚，另一只脚留在身后

一个富农被打倒了，另一个从政治上重新站起
我爷爷挺了挺腰杆，有点硬，有点疼

开会，开会，大字不识的人读书三部
家谱的位置换成了毛主席

爷爷，你告诉过我你是何时吃饱的吗？
你告诉过我你从来不缺阶级的敌意

第一个春天麦子长出了种子，第二个春天
种子开始发芽，这是小麦的哲学，主义的胜利

一个男人偷偷趴在水缸上哭，你哭什么呀

你哭什么呀！

他就是不停地哭，不停地哭

哭他的祖坟长在了麦地里！

3

公元 1952 年，肃反始，农业合作化始，土地公有。启武以贫
苦而性善，根红而苗正，委以民兵连长、小队长之职。公元 1958
年，行"大跃进"策，人民公社化，"跑步进入共产主义"。越半
年，反瞒产私分，民有饥色。启武以先进故，言于县府之八千人大
会，揭缺粮之状，乡民之饥，旋被下狱。是年冬，民大饥，赤地千
里，野有饿殍。

粮食记

有时给你一点教训，让小小的信史

变得生动。八千人啊，民兵连长同志

八千人等着你去说谎，八千人

等着你来犯错

但我们没有粮了，这千真万确

我们无法过冬了，这千真万确

我们的孩子在挨饿，这千真万确

八千人抓住了你的脖子，将你垂直地

从同志打回敌人

这黑暗的牢房，地主的粮仓，你再熟悉不过

民国二十八年，你从这里得过施舍

民国三十八年，你从这里领过麦种

现在，你有一种强烈的

互称同志的愿望，但一生的谎言

都说遍了，仍然不够

你努力回忆：藏在屋顶的钟

藏在泥墙里的铁

藏在女人身上的棉花

但仍然不够，不够伟大，也不够正确

不够与这个世界团结起来

"旧社会，可不是这样的。"

现在，你是在

阶级的边缘，乡村政治的脸

说变就变，你要相信

粮食来自天上，吃饱了饭的人民

是多么的露骨，你要相信

你的小儿子就是喜欢啃树皮

你的大儿子不是水肿是阶级的虚胖

你的老婆子不是不能生她只是

政治性的月经不调

你要相信，所有的铁都属于集体

所有的碗都团结为公社，现在

你要大声赞美那雪白的粮仓

那逃亡的麻雀

当口号变作口粮，乌鸦倒在

阶级的虚线上，你该怎么办呢

民兵连长同志？

你要大声赞美、欢呼、万岁！

4

公元 1966 年，"文革"始行，天下争颂"毛主席是世界人民心中的红太阳"。启武被贬为生产队牛倌，入住牛棚辄数年。然其天性乐观，对牛弹琴，练就耕作绝技。余年幼时，尝与其同宿牛棚，祖孙二人，其乐融融矣。

牛棚记

现在，爷爷，请你跟我来

到我的童年，在一间

牛棚里，在几根牛尾间，我们来倾听

那集权的钟声，牛虻与耗子的合唱

在这有限的重逢里，让我们

屏住呼吸，在我扁桃体的

淡淡忧伤中，共度这

集体的夜晚，牛轭的夜晚

是的，我干过不少坏事，你

不在时，我让牛与马交配，我砸碎过

生产队的犁，往食堂的锅里撒尿

我偷过苹果花，那是因为我饿了

我偷过香油坊，那还是因为我饿了

我不饿的时候，偷偷用牛绳荡秋千

现在，我希望你能回来，特别是
在这祖孙的夜晚，听你唱小曲，唱
社会主义好，你一唱我就哭
哭我离家的父母，哭我赌场里的爸爸
多有意思啊，你说，你迷人的大手
将所有的牛眼瞬间擦亮

爷爷！我喊你仿佛
你还可以听见，还可以回头
微笑。我闯过几次大祸，这你知道
我往小学校门上抹屎，你对校长说
屎是个好东西
我偷你的钱买画书，你说
书是个好东西……哎，老头儿
我这样叫你是不是很亲切，很无礼

现在，我希望你还能哭着回来，带着
你童年的那根草绳，带着你的
小鼻涕，我们一起来回忆
昨天的你，今天的我，仿佛
你就是你哥哥的小兄弟而我们之间
也并没有隔着一个父亲和儿子
——我们来一起唱：社会主义好，
社会主义好！

5

公元 1978 年，行改革开放，土地承包。启武以其耕作之技，交誉乡里。公元 1988 年春，启武以肝疾，入乡医，不愈；入县医，不治。抬至家中，腹水如鼓，逾月而终，享年六十有六。终前，语其长孙曰："吾一生，苦甚！汝当努力为学，食官粟。"

墓边记

总之，我没有说出我想说的，除了几滴墨水。
我没有说出枪口，它有时指东打西；没有说出
死亡，毕竟，在成堆的死亡面前
我叫不出那些名字。我没有说出墓碑
在成片的麻雀眼中，我也没有说出贫瘠
毕竟，活着的还有大片的乌鸦，我说不出口。

我说得出口的只是你，草绳的爷爷，黄土里的
咳嗽。今天，我要跪下说，以你爱听的呜咽
说：草民的一生，土坷垃的一生，以及白霜中
干屎的一生；说：梨花的一生，白铁皮的一生
谷仓耗子的一生，补缀的一生

我说这些不是为了让你更尖锐，更深情
你死了，死的意思是
我们终于有了同一个父亲
而我还活着，还可以说：启武兄

在这块集体的土地上，你就

凑合躺着吧，这里有你的祖宗

有你的父母，有你

爱吃的青草和盐粒，作为你的孙子

我既不是在歌唱，因为歌唱里没有敌人

也不是在哭泣，因为哭泣是个负数

我在抽象地思念你、还原你、答复你！

选自《钟山》2009 年第 5 期

万物生长

叶舟

坐在正午，坐入

今天灿烂的日光下

我比天空明净，比云朵坚定

比一切过往的爱恨

更加温馨。大地生长，青草葳蕤

世上的好儿女们

前赴后继。

爱上每一寸光，爱着

无限的大气和苍茫

我比一本古籍悠久，比一堆

暗夜的篝火响彻

鹰隼告诉我的每一个好消息，我也将
传递四方。我放还了马，它黝黑的脸
仿如世上的奇迹。

鲜花怒放，时间吹袭
在人生的海拔上，我比一捧雪
比一炉时代的钢铁
更加热烈。我劈下内心的柴，
取出沸腾的心跳
因为，并不是我孤身一人，马不停蹄
走在锦绣的春天。

选自《伊犁河》2009 年第 5 期

画布

牛汉

是春播前的大地
是一条河流的源头
是奔马的草原
是星星，飞鸟，歌声
和暴雷雨的天空
是战士空茫茫的墓地
是一只大睁的泪眼
是正张开要歌唱的喉咙

是还未出生的生命的胎衣

选自《人民文学》2009 年第 10 期

张慧妹

杨方

她叫张慧妹

不叫张惠妹

她不会唱歌

只会裁衣服

做工的工厂一年到头延长工时

她一年到头缩短睡眠

跟人说两句话

打三个哈欠

头发上粘着线头碎布

她二十岁

没到结婚的年龄结婚了

没到生育的年龄生育了

她不是歌星

但今天的报纸上有她的消息

张慧妹

四川绵阳人，死于

难产，死于

黑诊所，死于

异乡

异乡铺天盖地的报纸和铅字

掩埋了她的身体

选自杨方著《像白云一样生活》，作家出版社 2009 年 11 月版

因果论

邰筐

砍伐者拉着锯

最后锯伤了自己的影子

挖坑者挥着锹

最后弄断了自己的脚趾

告密者躲藏在人群里

一生被恐惧牢牢捏住了舌头

事情总是这样

过河的毁在水里

走路的毙于途中

只有死神他步履如飞

肩上扛着自己的尸体

选自《人民文学》2009 年第 11 期

草垛不安地冒烟了

唐亚平

沉闷的天空低垂着铁灰的脸，鸟儿

也不歌唱，禾苗也一动不动，风烦躁地

远去，土地上有几个懒洋洋的庄稼汉

小村庄静寂地躺着，没有炊烟

圈里的猪不省人事地睡去

老黄牛卧在山坡上，垒起一堆沉重的

黄土，草垛不安地冒烟了，公鸡也

不打鸣了，没有歌声和笑声，小河也

疲惫涣散地皱着长脸，沉闷

田野上的沉闷呀，蛙鸣声吹破了

水田里的气泡，我的丈夫一声不响

一碗一碗地喝白酒，于是夏天的雪

和闪电撕破了不透气的云层

丈夫向我发怒后又哭着倒在我怀里

选自《诗歌月刊》上半月 2009 年第 11 期

周公庙

陆健

母亲单位食堂的李伯伯问我
长大以后做什么？我说上大学

旁边的方阿姨差点
没把嘴里的饭喷出来
"昨天晚上梦周公了吧"
我张大嘴巴发愣，周公是谁？

第一次溜进荒草萋萋的周公庙
为学武术——我年幼时体弱
受别人欺辱，至于周公
制礼作乐做什么，又不关我的事

让罢课闹革命我就罢
让复课闹革命我就复
让干的干不让干的也敢干了
鬼神不要怕，良心不要怕
彻底的唯物主义者是无所畏惧的

那么多年过去了，还没轮到我
"内弭父兄，外抚诸侯"

周易，我不懂；命运，我信服

残破的大殿基址和两棵千年古树

现在定鼎堂、礼乐堂重修了

又有港澳台胞来寻根祭祖

电台电视台搬到九都路去了

周公终于可以清静地做梦

他梦见自己的后代

在欲望的洪水中挣扎

选自《中国作家》2009 年第 12 期

毒并快乐着

朱剑

每天吃有毒的食物

每天穿有毒的衣服

每天听有毒的话语

每一个中国人的身体里

都沉积着厚厚一层

湖底淤泥的毒素

但是没事

每一双眼睛里面

碧波荡漾

据说

如果有人发狠

把一个日本人

扔进中国的农村

不出一个月

他就会被活活毒死

小鬼子

比金鱼还难养呢

而后来的验尸报告表明

他其实是忧郁而死的

在我脏乱差的祖国

有着他根本学不来的快乐

和他永远也理解不了的幸福

选自《葵》总第 9 辑，2009 年

母亲在我腹中

图雅

母亲已经盘踞在我的腹中

这是不可更改的事实

寂静中听见母亲的笑，响彻我的喉咙
它让我恐惧，让我疼痛

我应和着她的笑在平面的镜中
滋养着她的皱纹

她的白发，被我的腹膜提拉到云的高度
以致我祈求母亲别丢下我

母亲的抱怨，此时
撑痛我脆弱的心胸

我承认我吃了她带血的奶，带血的牙印
证明我一来到这个世上就成为她的仇人

后来我开始吃她的手和脚
吃她的眼泪和勤劳

再后来我吃她的肌肉和骨头
吃她的爱情和宽容

如今她每一寸肌肤都滑进我的腹腔
她的每一块骨头都开始疏松

我吞进多少牛奶和豆浆都弥补不了我的罪过
内视她的表情，充满讨伐和征服

我只好节节败退

用我的坚韧对抗中年，对抗衰败的年轮

母亲在我腹中已是不争的事实

我勇敢地装下她，正如多少年前她勇敢地装下我

2009 年

选自伊沙编选《新世纪诗典·第 1 季》，浙江文艺出版社 2012 年 10 月版

2010^年

搓背图

轩辕轼轲

在浴池

我照例躺下

任由搓背师傅搓灰

想起了小时候

在热气腾腾的澡堂子里

父亲把我放在双膝上

搓我小小的背

那么娇嫩的肌肤

也能搓出娇嫩的灰

这么多年过去了

我渐渐苍老的肌肤

也能搓出渐渐苍老的灰

这些灰

随着污水

流到七十年代的土地上

流到八九十年代的土地上

流进新世纪

成为大地的一部分

如果

任由这位师傅

把我搓下去

搓上三十年

会不会直接

把我由一具皮肉

搓成一把骨灰

如果

我能活上一亿年

搓上一百亿次背

搓出了足够的灰

会不会直接

搓出一个地球

2010 年 1 月 29 日

选自轩辕轼轲著《在人间观雨》，北岳文艺出版社 2014 年 10 月版

死·生：一九七六年

杨炼

他一天天追赶母亲的死

追　一部早晨狂转的手摇电话机

自行车把顶着天空的噩耗后退

风砸在脸上　钢印砸进他的缺席

医院的味儿半握在蜡制的掌心里

母亲发脆的手　水泥地上摔断的树枝

带走了肩轴疼　磕坏的眼镜片

也在抱怨他来得太迟

或太早　一根蜡烛还得等三十年

完成那熄灭　那薄薄皮肤下黑暗的构思

逆着风佝偻蹬车　用字攻占一团果肉

三十年　缺席分娩他成一首诗

母亲一行也没读过的　一次次托梦

错过的　一种血脉滴洒墨汁

给一本蜡制的书无数早晨的篇幅

他星星点点洇开　像母亲隐秘发育的无知

用自己重写母亲诀别的年龄

自行车铃声似的死亡念头　太熟悉时

比事实还近　从碎了的骨灰瓮开始

他只剩双倍的生命和美丽

选自《作家》2010 年第 1 期

祖国

——致巴波罗·聂鲁达

吉狄马加

我不知道

你在地球上走到了多远的地方

我只知道

你最终是死在了这里

在智利海岬上

你的死亡

就如同睡眠

而你真正的生命

却在死亡之上

让我们感谢上帝

你每天每时都能听见大海的声音！

选自《中国诗歌》2010 年 2 月号

墓志铭

余丛

他的死是归处

他的生也不在来路

安息的人在地下
膜拜的人勿将他惊醒
请从他墓碑前绕过
不带走他生前的怨气

他曾经战斗过
但最终以失败告终
在祖国的花名册上
他从未得到过自由
这是一个死去的人
墓穴囚禁了他的理想

他的罪不足以不朽
英名不足以流传
如今他没有影子
只有长眠里的安宁
他生前反抗的噩梦
死后归于了尘土

选自《诗歌月刊》2010年第2期

伪证

侯马

我在农村念小学的时候

班里有一个很脏很丑的同学

有一天我情不自禁

用两手狠狠地掐住了她的脸蛋

她毫不示弱

用长长的黑指甲

也掐住了我的脸蛋

疼痛难忍

最后我俩同时放手

各自脸上布满血痕

老师向几个她信赖

就是几个长得好功课好的女生

调查此事

她们一致做证：我是后动的手

噢，我的童蒙女友：小玉、翠香和兰兰

选自《大诗歌》第 2 卷，2010 年 3 月

你能把时间怎样

晴朗李寒

你能把时间怎样？

一扇门通向虚无。

一面窗子隔绝尘世。

看光影流动，明暗转换，

一天，一年，

恰似水滴滑出指缝。

你能把时间怎样？

有的种花，有的养刺，有的酿蜜。

一些人，一些事，

如飞鸟掠过水面，

瞬间远去了，

浅淡的阴影搅不起一丝涟漪。

你能把时间怎样？

谎言像白蚁般繁殖。

肉体悬浮，灵魂出窍。

众声喧哗中谁敢独自失语？

你能把时间怎样？

一面镜子

有多少无法隐瞒的秘密？

在黑夜尖叫一声，

骤然破碎。

你能把时间怎样？

平地陡现深渊。
火焰在永冻层下沉睡。
微笑的面具后
露出镰刀的牙齿。

你能把时间怎样？

邮箱塞满空气，红唇覆盖灰尘。
爱情的短信死在途中。
一记闪电
击中旧日的伤口。

你能把时间怎样？

选自《中国诗歌》2010 年 3 月号

自画像

周瓒

1

永远是另一个。水纹
模仿皱纹，鱼尾擎着镜子

嬉戏青春的枝叶，我不会
学那喀索斯，以回声重复表白

2

回声即替身。鞭子
混淆于辫子，抽打一个衰弱的民族
而在密室里，我也曾用它
巩固自学的信仰

3

自我教育需要榜样。手到
擒来的美德，出自本性
隔着时代和大陆，大气层酝酿着
及时雨培育两生花

4

一株草的今生。文字占卜术
努力忘记每天的搜索所得
磨砺目光的极简，使用时
令它如闪电，如火焰

5

尽量不说话。与音乐同居
时时唤来纯语言，我翻译自我
在人群中相忘，而在单独的夜晚
与他们为伴，那叹息使永恒空气颤动的一列

选自《诗歌月刊》2010 年第 3 期

致伊蕾

萧沉

独身的女人至今独身
流浪的恒星仍在流浪
梅花的境界
是修炼成干枝梅
自由的灵魂是毫无牵挂

你六十岁了
我的阿赫玛托娃！
你把掰碎了的太阳
揣在怀里
走进荒凉的黑夜

月亮一生独来独往

夜莺一贯独自歌唱

选自《天津诗人》2010 春之卷

它们一直在照亮着我

娜仁琪琪格

如此的星光　是我曾拥有的

在我的初生地　野草之上

瓜棚之下　山谷与水流之中

群星啊　它们一直都在

眨眼睛　打哈欠　讲故事

它们布满天空

它们喜欢　这样的安静与恬淡

一缕又一缕的炊烟　升上天空

又袅袅着散去　农人收起篱笆　锄镰

圈上一支烟　点燃

星光就亮了起来　而女人臂弯的竹篮里

小花　青草　山果

有些莫测的迷茫与点点的好奇

此时　整个村庄都开始幽冥起来

那么多的宝石啊　挂满夜空

它们看着我　喊着我的乳名

微微的痛　在心尖上升起

它们一直都在啊　就像我的亲人

倔强　柔韧　爱与温暖

正是来自　家乡的天空与大地

它们一直在照亮着我

选自《草原》2010 年第 2 期

上坟

杨键

中国农民的肩上总是挑着什么，

他们走路的时候挑着，

他们躺着的时候挑着，

他们拢着袖口默默站立的时候也在挑着。

虽然他们的房间里是温暖无比的棉花但却感到冷，

他们穿着厚厚的破棉袄也让我感到就像一座座奇异的墓穴。

当他们真的变成了墓穴，

这墓穴也在挑着什么，

上冻的时候挑着，化冻的时候也挑着。

这墓穴是我父亲的墓穴。

我蹲下来给他烧纸，

我烧出太多灰烬，我烧得满身大汗，

当我站起来的时候，我看见周围的荒草铺天盖地，

一瞬间将我包围。

这时，

成群结队的人从城里向这座村庄走来，

向他们的爷爷、奶奶、爸爸、妈妈、姑姑、婶婶走来，

他们大部分都是在 1950 年，1959 年，1960 年，

1967 年，1968 年，1969 年……死去的……

选自《诗江南》2010 年第 2 期

论身体

张尔

我身不由己，骨质松软

踱着驴步，想象弯月匿于山峦

有一天就这么老了，多动症被迟缓的暮年

疗愈。但，那一切仍需坚强地等待

房子紧靠着电视塔，我要站远些

这样，就离你远一些

现在四周静得可怕，白炽灯

发出锐利的声音，想要刺穿我的身体

我一直以身体抵挡着

那些欲乘虚弱之时拆卸我的异类

我害怕如此的静寂、孤独和逼人的寒气

仿佛要历经亿万年的锤炼

方能缓解一个人的内心

强大的虚空之瘾

因此，我仍将继续保持一个孤傲的人

应有的沉默

选自《诗歌月刊》2010 年第 4 期

夜半云中的火焰

伊蕾

夜半云中的火焰

把光芒铺满我的睡床

远处开迎春花的坟

在我眼中散发奇香

如少女时看你

如无名的死魂

在暗淡的天空下

孤独地高举着头颅

我们习惯了这样死

现在我们要习惯这样生

这时，亲爱的

这时我是无欲的女人

枯萎的月光雪一样温柔

盖住夜的手脚

几个巨大而陌生的面孔

消失在四面门窗

选自《诗选刊》2010 年第 5 期

我失去的岁月

李瑛

谁能告诉我

我失去的岁月

都流向了哪儿

我青年时从未寻找过

如今，老了，成为我心头的谜

我那些满含悲喜的岁月

流到哪儿去了

它们是水么

是舒卷散去的云么

是急促掠过的风么

或已凝成

脚下的石头，天边的星斗

它们似曾在梦中和我相遇

但梦又去了哪儿

它把过去许多日夜的许多个我

和我的许多亲人、朋友

都一起匆匆带走了

仓促中空着手

头也不回，越走越远

只留下今天年老的我

和一支终生相守的笔

站在这儿

我回望过去，呼唤他们

没有回音

谁能告诉我

它们流向了哪里

我等着回答

像一朵花在枝头

等待开放

选自《人民文学》2010 年第 5 期

偶然诗

哑石

想想，每个亡灵躯体周围，

都有个世界。或许，与咝咝响

的磁力线有关，与羽蛇有关……

而与神掷出石块，却无关？

譬如，你昨日的双手，柔和入绵，

带来了山楂、决明子、绞股蓝，

也带来一圈看不见的波纹。

她瞳眸四周，竟有层层蓝雾！

采自南北的、热水浸润后

可由舌尖慢慢品出泥味的物什，

似乎一直藏在那蓝雾里，

现在是我融化的体温。就是说，

我可以是山楂、决明子、绞股蓝，

是银河孤单映照的事物——

初夏微雨，腥甜，我吐出月光，

假如这夜晚，是所有夜晚，

假如，人非偶然掷出的一枚骰子。

选自《人民文学》2010 年第 5 期

青苹果，绿苹果

明迪

在雅典，许许多多的神，保佑我们，

天神，地神，男神，女神，

但今晚我不爱神，

只爱你，要为你生四个孩子，

看他们在草地上追逐

四只大花狗，你一声口哨，

我便撩起长裙，追上他们，

然后抱起最小的，牵着老大老二和老三

还有大花狗，一起跳上

你的大篷车，我们去埃及，去罗马，去埃塞俄比亚

去耶路撒冷，去神农架，

去天山，去拉萨，

去西双版纳，去新德里，去孟加拉，

去拜所有的山神与河神，

我们不信耶稣，不信基督，

我们的孩子不吃猪肉，不吃狗肉，

不吃鸡，不吃鱼，不吃牛羊，不吃马……

直到有一天他们长大了，私奔，我们笑呵呵，

戴着老花镜，说，去吧去吧。

2010 年 1 月 1 日

选自《明迪诗选》，长江文艺出版社 2010 年 6 月版

伯爵夜总会

陈人杰

一切锁在钱眼里。我看见

在楼梯的拐角

一个小姐在偷偷数钱

像抓住生活的本质……灰暗的灯光下

我看不清她的模样，但留下了影子

说不清是甜蜜还是酸楚

一个戏剧学院的女生，告诉我

为谋生，她藏起了初恋和泪水……

她临走时的背影

多像这场大雪，硬，闪着白和贫穷的微光

在大地上凄苦挪动

到处是斑驳的光亮和阴影

到处是漩涡和陷阱

我看见一小点影子起身相迎

众多的影子还在那里晃动

她们懂得男人们短暂的欢乐和忧伤

因而，在妖娆的红里

露出了藤蔓、草莓和毒汁

而更大的空洞在我心里

占据了包厢。一阵嘶吼之后

暴露了细密的伤口

我的心中装着纯净和奔跑的火焰

却多像被丢弃和欺骗——

我微小的呼吸就是世界啊

当一批批小姐像白菜一样运来

渗着一丝皎洁和露水的味道

却注定了多少乡愁

被命运雇佣

像萤火虫，照亮微型的天堂

选自《人民文学》2010 年第 6 期

自我之困

大解

有时我们过于相信自己

能够对抗一切　与命运暗暗较劲

生活鼓励了一些胜者　却更多地

夸大了人的力量　掩盖了部分真实

我曾试图追踪那些躲进泥土的人

查询事物的真相

当我借口回到出生以前

却被法则所阻止

我恍惚意识到

有一种力量

在我们无力到达的地方

控制着我们

我在梦里见过另外一些人

能够从身体里走出来

他们跟随一位长者　走向了不可知处

我尾随在他们身后　渐渐地

变成了一个他人

选自《诗刊》下半月 2010 年第 6 期

苹果

余幼幼

我认识她

那个因为子宫瘤

切除了子宫的妇女

每次路过她的水果摊

我都想接近她

这跟她溺水而死的儿子无关

她总是一遍又一遍地重复：

"如果我的儿子还在

都和你一样大了"

然后给我挑最新鲜的苹果

眼角的鱼尾纹皱在一起
笑着送走我

每当我吃她卖的苹果
汁水溢满口腔，清香而甜蜜
就像是妈妈亲手种的

选自《彝良文学》2010 年夏季号

火焰与词语

吉狄马加

我把词语掷入火焰
那是因为只有火焰
能让我的词语获得自由
而我也才能将我的全部一切
最终献给火焰
（当然包括肉体和灵魂）
我像我的祖先那样
重复着一个古老的仪式
是火焰照亮了所有的生命
同样是火焰
让我们看见了死去的亲人
当我把词语
掷入火焰的时候

我发现火塘边的所有族人

正凝视着永恒的黑暗

在它的周围，没有叹息

只有雪族十二子①的面具

穿着节日的盛装列队而过

他们的口语，如同沉默

那些格言和谚语滑落在地

却永远没有真实的回声

让我们惊奇的是，在那些影子中

真实已经死亡，而时间

却活在另一个神圣的地域

没有选择，只有在这样的夜晚

我才是我自己

我才是诗人吉狄马加

我才是那个不为人知的通灵者

因为只有在这个时刻

我舌尖上的词语与火焰

才能最终抵达我们伟大种族母语的根部！

选自《花城》2010 年第 3 期

---

①雪族十二子，彝族传说人类是由雪族十二子演化产生的。

极地之境

安琪

现在我在故乡已呆一月
朋友们陆续而来
陆续而去。他们安逸
自足，从未有过
我当年的悲哀。那时我年轻
青春激荡，梦想在别处
生活也在别处
现在我还乡，怀揣
人所共知的财富
和辛酸。我对朋友们说
你看你看，一个
出走异乡的人到达过
极地，摸到过太阳　也被
它的光芒刺痛

选白《人民文学》2010 年第 7 期

身体学

张执浩

我经常摸自己，以便确认

身体不是遗体

手感，肉感，不祥的预感

在弥漫

早晨剃须，晚上刷牙

中间杂碎甚多

不要以为你凹陷在皮圈椅中就能躲过

今生的颠沛

乌云来到窗前

烈日行走于故里

不幸和苦难忽近忽远

为了确认

我虽已迷失，但仍然不是风筝

我经常会让手掌游走

在后半夜

在荒凉中

在拇指一次次停泊的肚脐

一根肠子，被命名为柔肠

一些念想纠结，寸断

选自《山花》2010 年第 7 期

不朽

江离

一个寒冷的早晨，我去看我的

父亲。在那个白色的房间，

他裹在床单里，就这样

唯一一次，他对我说记住，他说

记住这些面孔，

没有什么可以留住他们。

是的。我牢记着。

事实上，父亲什么也没说过。

他躺在那儿，床单盖在脸上。他死了。

但一直以来他从没有消失，

始终在指挥着我：这里、那里。

以死者特有的那种声调，

要我从易逝的事物中寻找不朽的本质

——那唯一不死之物。

那么我觉醒了吗？仿佛我并非来自子宫，

而是诞生于你的死亡。

好吧，请听我说，一切到此为止。

十四年来，我从没捉摸到本质，

而只有虚无，和虚无的不同形式。

选自孙文波主编《当代诗》，文化艺术出版社 2010 年 8 月版

北京真大

马培松

北京真大

走了一天

都没有遇见一个

认识的人

直到走到天安门

看见毛主席

选自《汉诗》2010 年第 2 季，总第 10 期

道德经

周瑟瑟

提灯笼，穿长袍的僧人，

扮演故乡游动的灵魂。

在这样寡淡的秋天，发出一两声咳嗽。

——有人要告别人世，

要悄悄挣脱道德经。

临终时从床上爬起来念经：

"水善利万物而不争。"

一脸的旧器物磨损了的表情。

灶台还在冒烟，
铁锅现在是翻不动了，双手无力。
锅里的枯鱼张着嘴：有物混成，先天地生。
道德经念起来像枯鱼哭诉。
一辈子孤身的老人自己动手穿上了寿衣，
连哭诉都免了。

前世今生的幻象浮现，
追打一条喘粗气的黄牛，它前年死了。
死时流泪，像老人现在这样瘦得只有一副骨架。
人世啊终将舍弃。

屋角的土豆发芽，像老人幻觉中的女儿。
没有女儿，苦命是注定的。
后山上的鸟也像他的女儿：
"父亲你要死了，这满山的道德经谁来念？"
满山的松树伴随你咽下最后一口气，
哗哗丢弃一地的松果——"唉，我可爱的女儿，
你来念吧——"

选自《行吟诗人》总第 13 期，2010 年 9 月

中国制造的十字架

姚风

蓝色的工人们坐在流水线旁
正在打磨
一个个金属的十字架。

怀疑上帝
但不拒绝他的订单
但上帝是否知道
这些神圣的象征
在中国的生产成本
是多么低廉。

工人们在聚精会神地工作
神情像是充满虔诚
他们相信上帝吗
如果遇到问题
他们是亲吻着十字架
向上帝诉求
还是拎起卑微的生命
爬上资本家高高的楼顶？

选自《丑石》总第 49 期，2010 年 10 月

致砸墙者

王小妮

不知疲倦的，敲击，敲击，敲击，
不把我从人间挖出去不肯停手。
这是最后的救援吗？

如果他们一直干下去，
说不定咕咚一声，只剩下头顶的天，
一定不是京戏里咿咿唱的苍天。

让我加入你们，创造那空空荡荡，
用我命里最后的力气，加入这敲击。
尘土覆盖水泥的旷野，
遍地立着仰望者，人人手握工具。

选自《诗刊》上半月 2010 年第 10 期

我是爱你的一个傻子，包山底

慕白

我不用任何技巧，也不用任何
修饰，我喜欢用

傻子那样的眼神，目不转睛

痴呆呆看你

我的喉咙里含着沙土

我的舌尖上着火，我要把你每一棵

高粱中的血液喊得沸腾

我用脏手擦了擦自己的脏嘴巴

把命运中唯一的口粮捧给你

总之，你比你的傻儿子古老、忧伤

但我必须死在你前头

我倒在你怀里时，傻乎乎，痴呆呆，

可能喊你母亲，也可能喊你父亲

我就是爱你的一个傻子，包山底

一颗心在纸上用大白话

告诉我所有的亲人，朋友

同事，甚至陌生人

告诉我的未知的女儿

如果可能

我还愿意告诉我的子子孙孙

请你在无边的岁月中珍藏

一个傻子内心的黄金

选自《诗刊》下半月 2010 年第 10 期

高楼镇，赵寡妇

李成恩

你这个快活的赵寡妇
一清早就在高楼镇的大街上滑雪
像一只花母鸡
咯咯咯的叫声发自赵寡妇肥胖的胸部

她跑动时高楼镇都在颤动
她摔倒时高楼镇的肋骨也撞击了一下
赵寡妇牵着她心爱的马匹
去上坟
马背上背着香火、馒头与烈酒

赵寡妇在山冈上哭
她的哭像唱歌
先是哭你这个死鬼
你这个风流鬼怎么还不回来
再骂你这个死鬼
在山冈上享福
好像死了是一件快活的事

赵寡妇坐在镇长家门槛上
她要讨她男人的工钱

她的男人在天上看着她

看她慢慢在门槛上睡着了

赵寡妇在高楼镇的清早

挑着一担马粪

肥胖的胸部里发出风箱一样的呼哧声

她散出的寡妇特有的热气

融化了她家地里的积雪

她蹲在地里

一边拔萝卜

一边骂她死去的男人

2010 年 1 月 10 日

选自李成恩著《高楼镇》，九州出版社 2010 年 11 月版

秋风

韩宗宝

秋风　吹着潍河滩上的一条河流

吹着河边的密不透风的芦苇

吹着我辽阔的祖国

吹着祖国身上一块隐忍的石头

吹着石头内部的阴影　灯光和泪水

秋风带走已经无情无义的石头

连同一个人的孤独和苍茫

把那些卑微轻贱的尘土留了下来

秋风面无表情　　和一辆红色的拖拉机一起

在坑坑洼洼高低不平的乡村土路上奔跑

秋风把一张白纸　　把空无一字的信

把我的犹疑　　把我矛盾的心　　把远方

渐渐吹凉　　吹灭　　天亮时　　一只黑蟋蟀

遥远而微弱的鸣叫　　被从村庄的眼眶

涌出的沉重而潮湿的秋风所取代

　　　　选自《一个人的苍茫》，青海人民出版社 2010 年 11 月版

地铁车站

蒋浩

他梦见地铁旋转着，像一个凹陷进

额头的漩涡；在身体中扩散

他的下半身已经没入尘土

要开始一次没有阴影的循环之旅

"是的，有必要潜入地下去生活

穿过'眼前无穷、光滑、迤逦的隧道'

保持着对沿途事物同一节奏的推进

进入更暗、更黑、更幽深的章鱼体内"

它像一个老人的回忆，从树根开始

只要不走出地面，两块钱就可以无数次

平静地回到童年。并且，身边还有

无数陌生人轮流陪着，他们算计着

各自的生活，懒于相互招呼

也不会提前从座位上站起来

选自《诗刊》下半月 2010 年第 11 期

空谈是多么幸福的事

麦岸

阴雨的日子，我们开始谈论另一些国家

像情感的祖国；我们说起——

许多外国人，像经年的好兄弟

不少故事仿佛曾一同阅历

或者自以为共同承担了某些局部

我们谈起 1840 年的伦敦

1870 年的莫斯科

1920 年的巴黎

1960 年的旧金山

甚至 1980 年的中国

我们吞下对方四处飞溅的唾沫

也被彼此的激情所感染

总有星辰闪耀在远逝的天空

这样说着，就像上面预留着位置

说到屠格涅夫

我们中就有赫尔岑

说到海明威

我们中就有亨利·米勒

说到威廉·巴勒斯

我们中也有杰克

如今身披各式外衣，天各一方

每当天色向晚，落日漫进西窗台

我就想起那些岁月和我们这群可爱的人

选自《诗刊》下半月 2010 年第 11 期

在加速的时代寻找缓慢的爱

田湘

我看到

鹰和飞机

在空中加速飞行

火车和汽车

在路上加速驰骋

缓慢的世界

快了起来

我看到

树木和稻谷

在加速成长

花朵和小草

在加速开放和凋谢

时间的针摆

加速了生命的轮替

我看到

与你相遇的短暂时光

这小小的幸福

正被岁月湍急的河流

悄然带走

然而

我想记住这美好的瞬间

我想用一生的爱

来慢慢体味

让这小小的幸福

慢慢延伸、扩大

覆盖所有的伤口

选自《广西文学》2010 年第 11 期

时间之心

林之云

如果是早些年，当他真的死去
亲人的哭声，会将整个街道埋葬
在泥土下，身体的腐烂会先于木头
最早停止的心，一定会最后变质
而如今，他只能寄希望于火焰
所有受过伤的部位，色彩会格外黯淡
像树上的沉香，它们沉淀过悲痛
在骨灰里，心是颜色最深的那一团
可能还会闪现几次，最后的火星
那是儿时患下的心病，和未了的愿望
然后彻底熄灭，贡献出午夜般的黑
那颗心跳动了很多年，现在仍在跳动
无论快乐抑或悲伤，他还需要歌唱
带着未成灰的一切，在时间的心里穿行

选自林之云著《时间之心》，中国文联出版社 2010 年 12 月版

风水诗

　　——再给父亲

阿翔

父亲看不懂我给他写的那首诗，以致夏天来得特别

特别有些弯曲

触到树梢，就晃动了两下

我想起了他的沉默，小煤球已被火焰熄灭。

风吹着屋顶，发出呼啦呼啦的声响，孩子滚动向房屋

门楣上写着：早晨仅仅是从他开始

他只是一个累坏了的父亲，咽下的东西难以消化。

他不需要一个刮胡刀

每隔三天，漫不经心地摆弄指头

他的下巴就光滑

看起来比他实际的年龄要年轻一些。

他选择了微弱

在屋子的外面浇水，他的孤独开始有了微微的褐色

闻着童话的味道

像从画中诞生又欣然消失在其中的人

练习隐身术，让我看不到父亲

水泡渐渐膨胀，变得透明

植物欣欣向荣。

因此我应该再给他写一首诗，应该在他手心里写下

"乘风则散，遇水则止。""故乡有大美

万物有你的内心。"
阳光从窗口涌入，缓解了他的迟钝症
让他焕然一新。

选自《野外》第 9 期，2010 年 12 月

我梦着

多多

梦到我父亲，一片左手写字的云
有药店玻璃的厚度
他穿着一件蓝色的雨衣
从一张老唱片的钢针转过的那条街上
经过洗染店，棺材行
距离我走向成长的那条不远
他蓝色的骨骼还在招唤一辆有轨电车

我梦到每一个街口，都有一个父亲
投入父亲堆中扭打的背影
每一条街都在抵抗，每一个拐角
都在作证：就在街心
某一个父亲的舌头被拽出来
像拽出一条自行车胎那样……

我父亲死后的全部时间正全速经过那里

我希望有谁终止这个梦

希望有谁唤醒我

但是没有，我继续梦着

就像在一场死人做过的梦里

梦着他们的人生

一锹一锹的土铲进男子汉敞开的胸膛

从他们身上，土地通过梦拥有新的疆界

一片不再吃人的蝇

从那边升起好一会儿了

一望到鱼铺子里闲荡的大钩

他们就会一齐嚎啕大哭……

我接受了这个梦

我梦到了我应当梦到的

我梦到了梦的命令

就像被梦劫持——

选自《剃须刀》2010 秋冬季合刊

孤单的鹰影贴滑过辽阔大地

阿索拉毅

那零丁的谣曲如泣如诉，如远如近，似幽灵在冢坟里的欢愉

只等孤单的鹰影贴滑过辽阔大地时飘响，那零丁的谣曲
荡漾在船夫的耳畔，飞翔在鲤鱼的翅膀，回响在远古的家乡
那零丁的谣曲呀莫非是佳支依达三千年来的痛苦与梦幻

莫非是妈妈的女儿一世的悲痛一世流不尽的心酸泪水
莫非是猎人的孩子永远等不回狩猎的父亲归来的身影
莫非是情人树下再也无法相会的情人泪倚涟涟的倾心
莫非是醉后的贵族醉后的铁菩萨翌歪然而保持的高贵

孤单的鹰影贴滑过辽阔大地时大渡河飘响零丁的谣曲
那零丁的谣曲零碎地弥漫在三千年来夜色飘浮的空濛江中
一代又一代的佳支依达儿女们在夜色飘浮的空濛中听见了
听见了零丁的谣曲心碎的呼吸，听见了神鹰振翅欲飞的渴望

向上，向上，大渡河飘响的零丁谣曲，化成一只鹰
化为一朵悠扬轻舞的蒲公英飘向空荡无界的妙趣的天宇

选自《独立》总第 16 期，2010 年

2011^年

清明回乡祭祖

陈陟云

年复一年，历经同样的路径
复制相同的情景。但，相互照应的面孔
年年相似，年年不同

今年，雨没有下
祖先的家园，依然面朝大海，春暖花开
须臾人声鼎沸，热闹非凡

我想，祖先们此刻一定是幸福的
而当他们把盏举箸，高谈阔论之时
有没有人会看着我们，黯然神伤——

这满坡的子孙
多少魂不附体，形同草木
多少流离失所，无家可归？

选自《上海文学》2011 年第 1 期

致父亲

汗漫

一九九七年十二月，你去世，脑溢血
从此，每每听到某人因脑溢血而亡的消息
我脑部的血液就加速洋溢五秒左右
在五秒左右内，我想起你
用我脑部的血，想你脑部的血，五秒左右……
多么快——你在这个世界上消失多年！
脑部被压迫的血
暴动，推翻你统治了六十年的四肢山河

你成为灰烬和空虚
我成为你曾经爱过、愤怒过的一卷史册和证据
——我想你，用脑部五秒左右的血来想
或者用周围弥漫半小时的雷阵雨来想
在雨中，一个步行的人
显得与四周的事物毫不相干，显得孤单
如果打伞，就尤其像是孤儿！
我手中的雨伞如同降落伞——

试图把我重新投向童年和大地
投向你的体温和气息……
父亲，某一天，当我也在人间彻底失踪

谁来证明你与这个世界发生过种种纠葛和关联？

你墓地上的那些树木、风声以及鸟窝

保佑我成为一个长寿者吧，父亲

让我的身体携带日趋抽象的你

一同呼吸目前这具体的草香、下午的光辉……

选自《诗刊》上半月 2011 年第 1 期

和我在一起

李南

不要亮出你的权柄

不要向我通报你的官职

令人厌倦的谈话

不如小桥流水有趣。

把车开到半山腰吧！

和我一起望一望田野，村落

第一道曙光如何升起……

你也不必打问我的身世

这悲凉的记忆不应该留在你心底。

看美妙的晨雾在飘浮、在变形

将那不朽的一切重新命名。

选自《青年文学》下半月 2011 年第 1 期

大多数的石头

许烟华

大多数的石头是沉默的
如果不被敲打
它们到死也不会发出任何声音

大多数的石头是无辜的
狗儿在它们的头顶叉开后腿
它们却无法挪动自己的身体

大多数的石头是孤独的
它们之间隔着很多石头
它们被夹在很多石头中间

大多数的石头是清白的
它们的身体没有皱褶没有口袋
甚至收藏不下自己的疼痛

大多数的石头没有自己的名字
连偶尔路过的不识字的孩子
也懒得为它们命名

大多数的石头为别人而死

别人死了却要砍掉它们的四肢
在它们的身体上刻上名字

还要让它们
跪在那个不认识的人
坟前

选自《红豆》2011 年第 1 期

父亲最后的日子

宋琳

指甲划过圆形监狱的墙：我绕着小巷走。
我多愿它是一面鸣响的高帆，
那么我——海盗，站在船头。

我回家，但那个临时住所已贴上封条。
我看见一个箱子在下沉，而我们全都在里面。
妈妈抛来缆绳，没有人接住——只一瞬，
它变成了光束。

父亲的太阳穴：幽蓝的指南针，
在颤抖中渐渐平息了愤怒。
我多愿是一只沙鸥，
飞过时瞥得见这老游击队员，

倚墙而坐，在粗糙的草纸上写诗：
"一首伟大的歪诗"——
将题献给刽子手。

你写啊写，从祖屋秘密的阁楼，
到交通线上的兰花渡；从荔枝与柑橘
碰响的海岸线，到深溪放排者发射的圆木。
多少猿啼的夜晚，多少侥幸的生还。
车裂的阿岚和被剜去半个乳房的汤银钗们，
全都在对岸向你招手，喊着你的乳名。

你回忆着，不知今夕何夕。
你用冗长的歌谣体叙事诗报答了闽东
——那半是神奇半是野蛮的土地。
岛还是原来的岛，山，绵延无尽。
你爱过的女人有的在采茶有的去了香港，
留下你，来到这平静、无悔、宽恕的前夜，
将深深的睡眠融入了血色的黎明。

选自《读诗》2011 年第 1 期

打鼓

高凯

造鼓的人

把自己的身体全部掏空
就是一面鼓

剩下的两截骨头
成了别人的鼓槌　谁能攥在手里
谁就是打鼓的人

不过　造鼓的人
还是把自己许多不平静的心声
平静地放在了鼓中
所有的鼓看上去都是空的
但每一面会响的鼓
又都是内容丰富

鼓不打不响
打鼓的人用力鼓舞灵魂的动作
就是打鼓

选自《诗刊》下半月 2011 年第 2 期

一条河流的若干幻想

谈雅丽

想到一条河流可以张开翅膀
翻越九座山头降临到——

我身体的谷地

河风带来湿润、暖泽和

河上的沉沉爱意

想到山谷，向偏东南方向敞开

洁白的乳房——

我独占北方的这一片山河

袅袅而起的酒香，吹开一朵朵百合

想到一朵朵盛开的百合

卷起甜蜜的舌尖

花蕊中的刺让人情不自禁地

昏迷——

想起一条河流，他要翻山越岭来

我多么爱这样的流淌啊

从半空中滚落了他雷霆般的风暴

和亲吻

　　　　选自《诗刊》下半月 2011 年第 2 期

查一查这个圣诞老人

李伟

查一查这个圣诞老人

究竟是谁派他来的

属于什么组织

目的是什么

有没有前科

家住哪里

一定要仔细查

一个人背那么大的包

还精心化装

绝不只是表面上送糖果那么简单

选自《汉诗》2011 年第 2 期

中年

宋晓杰

差不多就是这样子了——

如果，没有什么变故和灾难

血压将不再升高。就这么

窝窝囊囊地，越过山顶

进入下坡……

破空而来，绝尘而去

这两件事的速度太快了，让我眩晕

我只想——坐在这两座山之间

贪生怕死地，慢慢消磨

允许败笔、俗套、顽疾、坏习惯

它们跟随我多年了，已成为我的老友

一个也不能少；允许缓慢地回头、答话

更多地微笑；允许坐在重要的场合

像个标本，决不诘问、指责

允许动不动就爱掉眼泪；允许自恋

爱运转多年的机器，爱骨肉、血脉和手足

并看好它们：不减少，最好也不要增加

慢慢地就好了——我不是瓷器。是陶。

再没有翅膀了，每片羽毛都是沉的、厚的

——恰好，护住所有的近亲和山河

选自《福音诗报》2011 年春之卷

我的身体里住着另一个自己

熊焱

在热闹的人群中

我看到他的沉默和孤独

看到他像迷途的孩子，像离群的孤雁

一个人徘徊，或者一个人赶路

当我千杯尽欢、得意忘形

我都会摸到他的忧伤和谦卑

他的淤泥般深藏于心的悲与苦

仿佛玫瑰花下的刺

他总是冷不丁地扎我一口

有时我向左，他就偏向右

我向前，他就偏向后

这人间我有三千米的欢喜

他就有五千丈的哀愁

只有当我绝望和疼痛

他才会递给我安慰和依靠的胸口

多年以来，他就这样住在我的身体中

就这样成为我朴素依存的对手和朋友

他既是天使又是魔鬼，是血肉又是手足

他有我另一半悲喜交集的心胸

也有我另一张爱恨几重的面孔

选自《诗歌月刊》2011 年第 4 期

减法

东篱

多年后，我会将我的肉身

还给父母

不过此前，我要将多余的偏见

还给教科书

将可耻的贪欲，还给这个

卑鄙的时代

那时，油葫芦泊将昔日重来

我把自己涂成一条泥鳅

我要让过路的人，捎话给

正烧柴做饭的母亲

我是干净的

那时，大地上蹲着几个土丘

蜻蜓低飞，诡秘不语

选自东篱著《秘密之城》，河北教育出版社 2011 年 5 月版

发明一个童话世界
阿毛

为了发明一个童话世界

我下了太多的雪

太多的雪拥着冰美人

黑发红唇，穿红衣

穿红衣的冰美人

黑发舞剑，红唇写诗

红唇写诗
写一首冰天雪地的诗

冰天雪地的诗里
王子正骑着白马赶来

骑着白马赶来
王子不懂诗，白马更不懂

不懂诗，但不妨碍
他们幸福地奔跑在雪地里

选自《诗刊》下半月 2011 年第 5 期

爱与诅咒

沈苇

实用主义毁了我的第一故乡
用了三十年时间
暴力毁了我的第二故乡
只用一个瞬间

——第三故乡？
它尚未诞生，那远景
也不会出现在

心灵统计学的无序图表上

在爱与诅咒中
我有了白发
变成一个中年老朽
烟，抽得更凶
酒，只能喝出愤怒和悲伤

我认识虚假繁荣下的神话：
心灵，像家乡的泥一样掏空
我熟悉暴力阴影下的真相：
恐惧，一种致命的传染病
罪责，只是隐秘、暧昧的酵母
这，构成了我的个人命运
每日每夜的集体命运

有时是虚无
有时是梦的溃败
中间踩不到真实的大地

选自《诗选刊》2011 年第 6 期

圣洁的一面

宇向

为了让更多的阳光进来
整个上午我都在擦洗一块玻璃

我把它擦得很干净
干净得好像没有玻璃，好像只剩下空气

过后我陷进沙发里
欣赏那一方块充足的阳光

一只苍蝇飞出去，撞在上面
一只苍蝇想飞进来，撞在上面
一些苍蝇想飞进飞出，它们撞在上面

窗台上几只苍蝇
扭动着身子在阳光中盲目地挣扎

我想我的生活和这些苍蝇的生活没有多大区别
我一直幻想朝向圣洁的一面

选自《新城市文学》2011 年夏季号

汉语

赵野

一

在这些矜持而没有重量的符号里
我发现了自己的来历
在这些秩序而威严的方块中
我看到了汉族的命运
节制、彬彬有礼，仿佛
雾中的楼台，霜上的人迹
使我们不致远行千里
或者死于异地的疾病

二

祖先的语言，载着一代代歌舞华筵
值得我们青丝白发
每个词都被锤炼千年，犹如
每片树叶每天改变质地
它们在笔下，在火焰和纸上
仿佛刀锋在孩子的手中
鱼倒挂树梢，鸟儿坠入枯井

人头雨季落地，悄无声息

选自《读诗》2011 年第 2 卷

太平湖

子川

那一年　太平湖不太平
到处都是革命口号
若干年后
这些声音被重新加注
解释成完全不同的内容

当年喊口号的那些人
还有人活在今天
而站在高处的主使者　则大都死去
已经死去的人与仍然活着的人
曾看见过一个人
把方字格上的路走到了尽头
奋身跳进太平湖

那一年　沉湖的老舍顶的什么罪名
他自己似乎知道
他之外的人　似乎也知道
他们知道的都不是真相

千古艰难唯一死

老舍一死了之

剩下我们　沉溺于更大的不幸

因为我们都知道了真相

选自《诗歌月刊》2011 年第 6 期

重提理想

——给 LF

周庆荣

一

灰尘满天。

而且，我们都已经累了?

二

你就这样站着，自言自语。场景有些杂乱，通衢大道越来越像美丽
　的抛物线。

从起点到终点的有效距离，我们无法计算。

三

这个时候，我与你重谈理想。

海因里希·伯尔说：坟墓中躺满了人，若没有他们，世界便不能
　　生存。

四

在高原，还是谷地？一些图腾仿佛在怀旧岁月。

可以把它们看做安静的理想呀，终于没被玷污。些许的冷落，我们
　　的心里应该有所准备。

我们生活在一个伟大的年代？

五

世界热闹了。

交易的方式日渐增多。

而宗教，正越来越像理想集市。

在现有强大的国有银行之外，另设一家理想银行？

活期存款，以备急用；定期存款，我知道总有一些人给自己留有退
　　路；长期存款，随时随地准备献身。不为别的，只为花像花、麦
　　子像麦子、人更像人。

六

理想啊！

我们的花，我们的麦子，我们的人……

选自周庆荣著《有理想的人》，中国青年出版社 2011 年 7 月版

老年

荣荣

她一只腿搁在尘世外

她在月亮上寻找梦境

活得太长总是一件危险的事

她如此轻易地走向了反面

像聚雨之前的风那样不安

一件背光的利器

现在　她年老体弱　被时间拖入深渊

这个怨妇　愤世嫉俗者

一条突然断裂的路　一辆失控的车

她孤单　失眠　多疑

身体里鼓荡着巨大的不可捉摸的虚无

而谁又是推波助澜者？

有一天当所有的伤口重新撕裂

我躲进体内　你也面目全非

一个同类："人无法越活越好　只会更糟"

她阴郁的眼光里飞着幸灾乐祸的鸟

"总有一天你我殊途同归"

"不，我只想死。"

选自《扬子江》诗刊 2011 年第 4 期

假象

莫卧儿

赞美大地上的一只蜗牛
它用细小的爬行抵抗了万顷草叶疯长。

春天来势汹汹——
你在花中舞剑眼神带伤

刺穿青，挑破红，后面的枯叶
来不及躲闪，慌慌张张。

而膨胀得越来越大的子房，内部多么空旷……

露珠——诞生在这个时代的清晨
它的光芒不该仅仅是映照！

选自《中国诗歌》2011 年 8 月号

田野所给予我的

雪松

在平静的日子里，我却仓皇不安

那是突然蹿出草丛的那只野兔传给我的颤栗在持

我常常感到有许多事要做，却

什么也干不了

那是浅浅沟渠中的小鱼和静立不动的水草又感染了我

在杂乱的生活间隙，我经常陷入无助的幻想

那是无以挽扶的高远蓝天上的白色云朵仍在发酵

我能感觉到弱小事物的力量，我从来不蔑视

那是我同一只青蛙长久对视的结果

绝望从来没有远离过我，那是炽热的阳光中

知了没完没了的鸣叫的遗传

我内心的喜悦常常不能自制，又不愿与人分享

那是一座秘密的果园闯入了我的身体

我倾向于善，常常不愿意把事情的真相戳破

我不知道这是田野上的什么所给予我的，但它肯定

与田野有关

许多年已过，我终于可以看清田野的有限和无限

我想把田野赠予我的东西还给它

但田野已不复存在

选自《作家》2011 年第 8 期

历史
—— 致弱冠之年的你们

唐不遇

只有年轻的死者们深知
自己已不年轻，而这首诗的失败
在于每一行鞭痕都已结痂。

当它被署上名，并被夏天
以闷不透风的声音朗读，听众们都在远处
盯着被烟熏成腊肠的鞭子。

为什么它不变成蛇，顺着屋顶的绳子
溜走？它静静地吊着，只是
那根绳子上用以记事的

古老的结，沉默如悬挂的窗帘。
窗帘内，有人在灯火下表演吃诗，
用愤怒的嘟囔塞满嘴巴。

太神秘了。这首诗如果让坦克来写
也许将成为杰作，具备血和骨头的深度。
现在，只有黑夜从玻璃牙缝

挤出毒液，喷在他们眼里。

而墙上的钟走着，在均匀的鼾声中

它将梦见烤火鸡一只。

选自《读诗》2011 年第 3 卷

阳光真好

马新朝

阴雨过后

太阳复出，大地鲜亮

像换了一件新衣裳

阳光，在树叶上吐蜜，在池塘里

舞蹈，在蛙鸣声里欢笑

牛在踱步，羊在吃草

此刻，流水是一些长长的歌吟

原野旋转着花香

村庄安详，活着真好

此刻，篱笆墙外，鸟雀翻飞，暖风频吹

铺满野花的小径上

假若，走过来一只羊或是飞来一只鸟

那一定是某个死去的人

重新复活

选自《人民文学》2011 年第 9 期

立字为据

汤养宗

我是诗人，我所做的工作就是立字，自己给自己

制定法典，一条棍棒先打自己，再打天下人

有别于他人，立契约，割让土地，典老婆，或者

抵押自己的皮肉，说这条虫从此是你的虫

我与鸟啊树啊水中的鱼啊都已商量好，甚至是

一些傲慢的走兽，闪电与雷声，我写下的字

已看住我的脾气，这是楚河，那是汉界，村头

就是乌托邦，反对变脸术，釜底抽薪，毒药又变成清茶

我立字，相当于老虎在自己的背上立下斑纹

苦命的黄金，照耀了山林，也担当着被射杀的惊险

恨自己的人早备下对付自身的刑具，一个立法者

首先囚禁了自己，囚牢里住着苍茫，住着虚设的罪名

也住着亮晃晃的自己所要的月亮，我立字

立天地之心，悬利剑于头顶，严酷的时光

我不怕你，我会先于名词上的热血拿到我要的热血

选自《星星》2011 年第 9 期

有人

西川

　　有人在上海活一辈子，有人在罗马活一辈子，有人在沙漠的绿洲里活一辈子，有人在雪山脚下活一辈子——你从未见过他们。有人从上海出发，死在雪山脚下；有人从绿洲出发，几乎死在罗马，却最终回到绿洲——你从未见过他们。我写下这些字句，没读过这些字句的人也活一辈子；读到这些字句的人也许会说，这人说的全是废话。且慢，我见过你吗？我想来想去没见过你。我们各活一辈子，也许在同一座城市，同一个小区。

　　　　　　　　　　选自《诗刊》上半月 2011 年第 9 期

月光使人站不稳

王小妮

之一

月亮意外地把它的光放下来。
温和的海岛亮出金属的外壳
土地显露了藏宝处。

试试落在肩上的这副铠甲

只有寒光，没有声响。
在银子的碎末里越走越飘
这一夜我总该做点儿什么。

凶相借机躲得更深了
伸手就接到光
软软的怎么看都不像匕首。

之二

那个好久都不露面的皎白的星体
忽然洞穿了夜晚的一角。

天光下正交谈的路人
嘴里含满快落下来的珠子。
浮淡的光泽扑动着
嘤嘤的，好像是佩着玉带的唐朝。

我要一直留在家里
留在人间深暗的角落。
时光太厚，冬衣又太重了
飞一样，倒换着放帘子的手
遮挡那只当空的鹰眼。

之三

海正在上岸，盐啊，摊满了大地
风过去，一层微微的白
月光使人站不稳。

财富研出了均匀的粉末
天冷冷的，越退越远，又咸又涩。
那枚唯一升到高处的钱币就要坠落了
逃亡者遍地舞着白旗。

银子已经贬值，就像盐已经贬值。
我站在金钱时代的背面
看着这无声的戏怎么收场。

选自《诗刊》下半月 2011 年第 9 期

母亲和村庄

车延高

三十七年，它可能早把我忘了
就像这石板路忘了走过的脚印
可我脚穿着母亲为我做的鞋，细密的针脚
纳在心里

在哪里我都走不出母亲的目光

母亲属于她的村庄。有月亮的夜晚

让灯把影子描在墙上，描着描着背就弯了

到我和玉米一般高，要进城读书

她才站在村口送我，像棵老榆树

头发全白了，两行泪

一句话没有

炊烟在身后，替她摆手

那时我觉得泪让我模糊，母亲和村庄

就是一个人。都不说话

把爱窝在心里

选自《扬子江》诗刊 2011 年第 5 期

我所认为的贵族

管党生

和是否成功无关

和是否有钱无关

我所认为的贵族

是刘亚楼每次从战场上回来

都把皮鞋擦得非常亮

是杜聿明在解放军看守

点名"1 号战犯出列"时

说

"我不是 1 号

我是军人杜聿明"

是我在北京火车站

无意吐了口唾沫

旁边的一个乞丐

以为我是针对他

对我非常响亮地

"呸"了一声

选自《诗歌月刊》2011 年第 10 期

昏昧中

王东东

我在昏昧中，知道我不知道的东西。

我在昏昧中，不知道我知道的东西。

当光亮的虫豸撞击灯管，一面墙有多么迷茫，

成为世界的中心。死亡只是一个光源

寻访着爱的器官，为无形中的吸引力所动。

如果入睡的神，在夜里卷走铺盖，

宇宙在攀登一座塔楼，星系是恰当的旋梯。

我趴着睡觉时得到一个煎熬的地狱，

用压扁的鼻子出气。仰望天堂，

但仍难以阻止一群小鬼来到我的身上嬉戏。

我头脑的疲惫就像被拉得过长的橡皮筋，
天堂的摧残是无情的。想象自己
在洞里下沉则能很快入睡。醒来，抱着
时间的根蒂。为了抵制罪恶，我取消刑名。
黑暗没有实质，罪恶也没有实质。

昏昧中，我看到一个在胶水中站立的人，
一个数学的天使，双臂吃力地支撑起书本。
那本书的封面是天，封底是大地。
我看到一个，在房间中爬天梯的人。
没有恐惧，我看到的鬼，无法和人相比。

选自《诗林》2011 年第 6 期

中年写给德国人西奥多·阿尔多诺

徐江

因为亲身经历
亲眼目睹
还亲自穿越了
过往一百年
发生在我国的
那么多
惨痛的事

这些年

我残忍地写诗

选自《葵》总第 10 辑，2011 年

春

冯唐

春水初生

春林初盛

春风十里，不如你

选自冯唐著《冯唐诗百首》，湖南人民出版社 2011 年 12 月版

对大地的观察

肖水

这个冬天日益清癯，穿过陡坡下的隧道，

光的那头，河流像伐倒的树干

我们什么都没有听到，

就像长久以来，我们都是沿着墙

缓慢而行；路面的积雪，

已被人无数次修正，再没有别的事物

能在灰色的钟之下，

长出细草一般的裂缝，长出

与星辰对应的船尾和稠密的宁静

太阳的巢穴，越来越远

每次怀疑，风都从侧面吹拂我们

被看见的，在体内，并不清晰，

沉默不语的，也并非在用手掌拍打着自己

或许，我们只能从死者的头骨中，

探测到生者的心跳，而眺望，

只是远处的一片芦苇，它密密麻麻地

连着堤岸，连着桥梁的沉落

但是无法让我相信

夜是狂野的，真理有火焰的香味

　　　　选自《野外》第 10 期，2011 年 12 月

骊歌
　　——写给自己五十岁的生日

灵焚

　　人到五十，眼前的字越来越模糊，心中的原野越来越空旷。

　　不再被满眼密密麻麻的庄稼诱入果实的媚眼与梦境敞开欲望继

续相爱。

一路打马过来，自己踏出的版图，种植过的炊烟，被粮仓所养育的那些胃口，以及种子们征战捕获的土地，这些那些，都在途中一一系上了皱纹遗留的标记。

该废弃的路径应该让其荒芜了，把它让给那些赶场的马蹄，或者被风声踩碎的鸟鸣。

阳光下逐一明了的村庄，早已占据了家园和远方的距离。

简单，让一切简单，简单到只剩下白天和黑夜，只需要劳作，不过问收获。

把功名利禄从庄稼的概念里删除，让它们长成杂草，留给虫豸蝼蚁垒筑传宗接代的窝。

也不让爱恨情仇继续结伴同行，把它们拆散，只允许爱与爱牵手，情与情相濡以沫；让恨与恨自相残杀，直到仇与仇从此断子绝孙。

五十岁，泥土已经埋到胸口。

到了应该明明白白地过，从从容容地活着的时候了。

从明天起回到一岁，不再由于天生我材苦恼，更不为八千里路发愁。只为每一天的健康感恩，只为祝福别人活着。铭记每一份感情，清还每一笔债务。

然后，把阳光让给更加需要温暖的人，腾出更多的时间，为雨水亲近沙漠祷告。

2011 年 12 月 30 日

选自灵焚著《剧场》，北京燕山出版社 2014 年 9 月版

在昆明闻一多先生殉难处

龚学敏

这是一沟绝望的死水。我们摊开的手，至今
没有看见一滴雨，一声鸟鸣，和一丝的爱情。沉寂，
如同角落里的尸布。

先生。你种植的诗句，仅仅是诗句而已。随波逐流，像是我的
年龄。一岁一荣枯，那么多的轮回，如同你没有长大的歌子，
淹没着我的头发。直到，声音黯淡，黑白分明。
直到成为这一沟绝望的死水中，所有的死。
让一些花朵，在阳光下死去。
让一些花朵，在春天里死去。还有一些，要读着你的
死水，在水中，
边绽开，边死去。

这是一沟绝望的死水。远处的树，从诗句中伸出了她们的枝。
她们的影子，寝食不安。像是脱口而出的声音，跌倒在
一滴雨不堪重负的念头里。先生，你要我们成为雨。
可是，
我只是一滴呵。我只能成为她们穿着衣裳的影子，
在昆明的名字中，用诗歌遮面，浪荡，饮酒，羞愧难当。

先生。在写满花朵背景的街上，我手中提着的这些死水，

她们视而不见。

先生。我看见那么多的水正在死去,像我一样,无助,空怀悲悯。
那么多站立着的水,在街上奔跑,发出的声音,
弥漫着整个天空。直到夜色降临,直到月亮的冷,泣不成声,成
你的这首死水。

需要静穆,在死水上游走,活着,或者仰望。先生。
在昆明,在西仓坡,我怀揣的诗句,
力不从心,不敢斑斓,像是你窗前放着的那些纸,友谊,饮过
　的酒。
她们出生轻盈,是死水的尸体。所有的清风,都无法吹起,

半点的涟漪。像是先生和我一样,仰面朝天,看到的死水。

　　选自《诗选刊》2011 年第 11—12 期

举棋不定

丁成

我厌倦了生活
却不能随意丢弃
转眼到了一月
我摇摆着,走过城市
远山,绿树成荫

它们和寒冷构成了一个组合

充满戏谑

时间在，苍老就在

午夜零点，午夜三点

午夜七点、九点、十一点

情绪笼罩在表盘上

我把每一分每一秒活成黑暗

我把天活成年

我把死亡

在身体里装了又装

压了又压

选自《灵魂小组》，《活塞文集》第 2 辑，2011 年

致友人函

余怒

胯部以上的恐惧。我准备好了。

说来听听。爱睡懒觉的习惯、

阅读习惯、朋友之间的吸引力，有关你的一切。

你瘫痪了（信是这样开头的），把身边的人都

撵了出去。不想看见老人和布娃娃，拥有很多敌人。

"滚，别在临终前让我去公证处，这些鸟事我根本

不去想也没有客观条件容许我去想。"事情如果到此

为止也就罢了。但不会。包括我在内的这个世界不会。

把闹钟设置得每分钟闹一次，表示对

逝去的某个人或某些东西的哀悼。嘀嘀。

嘀嘀嘀。你记起来吗？（卡通猫吃掉了卡通老鼠）。

无论你说过和做过什么，请保持被忽视的连续性。

你把手机扔进鱼缸（信中说），突然有一天它响了

——某某，新年好——震得水也啪啪响。水中有一条

大肚子金鱼，本来很理性，一下子变得

烦躁起来，开始晃动鱼缸。你们很相似。

今天你病了，明天我也会。乃至所有人。

有人建议你去听音乐吗？（我尊重你的疾病），和着

音乐的节奏咧嘴笑。把音乐当作旋钮。也可以去森林

的边缘听情绪失控的母猴子唤小猴子，掰一片面包

诱引它们跳到你的肩上，感觉它们、你都是真实的。

总之，有的是办法，允许它们

发生在你身上，接受来自制度的某种补偿。

去非洲漫游也许是个好主意，骑在长颈鹿背上，

孤零零而自由。糊里糊涂而自由。如果我是你。

选自《滴撒诗歌》创刊号，2011 年

手

税剑

你的断掌，因为文字的神秘

仓颉和汉语言的伟大
你注定了被肢解，沦为后现代

文字变得松散，扔进去一些荒诞
砸碎它，最好使用锋利的工具
电锯呜呜哭泣着，割裂黑夜的墙

呼吸紧闭，到底是推是敲
凶手忘却了制造假象
阴风吹来，门扉已次第开

掌心纹路清晰，适合切割
手背同样是肉，却得到赦免
双手去除，剩下两臂寂寞垂悬

最强力的政治手腕，莫过于独裁
唯我独尊，将手臂捆绑后扔进洞穴
酷刑和碾压，只是至高权力的象征

选自《灵魂小组》，《活塞文集》第 2 辑，2011 年

对苦难之神倾诉痛苦

李见心

你用血止住了我的泪

你用绝症治好了我的感冒
你用破碎的心缝合了我的外伤

（痛苦时能安慰我们的
往往不是幸福的人
而是比我们更痛苦的人）

你用大海的皱纹让我年轻
你用风暴的眼睛让我平静
你用闪电的嘴唇让我呼吸

　　　　　　选自《女子诗报》2010 年鉴，2011 年

银杏

胡茗茗

这是今秋最后的温暖
一棵树，在蓝天的映衬下
黄得有点不像话
它几乎腾空飞去
几乎催人泪下
几乎把仅剩的力比多
聚集起来，把叶子开成花

这绝望的美，只朝一个方向

风来，声声隐忍

雨来，丝丝入扣

爱过的躯干，空空荡荡

熟透的果，既是大补也是毒

秘密的甘苦压倒巧妙的一生

仿佛天使的手腕酿出魔鬼的酒

为此我几乎转身去拿酒杯

假如我也老无所依

请把我剩在这个秋天

即使你近在眼前

我却对你充满怀念

选自《女子诗报》2010 年鉴，2011 年

请允许我做一个怯懦的人

刘春

请允许我做一个怯懦的人

不申诉，不辩解，不高声叫喊

不斜视，不抗议，不因爱生恨

请允许我一再降低额头的海拔

面带微笑，甚至有些谄媚

请允许我做一个自私的人

有人在公园行走，被尖刀抵住喉咙

有人晚饭后散步，被抢去钱包

有人吃了上顿愁下顿，有人失去了工作

我看在眼里，随之把头扭开

请允许我做一个冷漠的人

还有人"躲猫猫"，有人打死法官

有人去检察院转了一圈就出来

有人从此消失

我认识他们，却不露真情

请允许我做一个健忘的人

曾被上级要求学习，被亲人管得太紧

被朋友揭发，被外人代表

而我藏住自己的胃、心，和胆

像初秋的大地藏住内心的河流

现在，母亲在厨房忙碌，父亲在咳嗽

妻子数着越来越少的奖金

孩子在地板上欢乐地游玩

我是否还能安静地写字，是否会继续说 ——

请允许我在黑暗中沉默，像一具干尸？

选自《海拔》总第 13 期，2011 年

你的梦

吉狄兆林

天是早就拿给屈原叔叔问得哑口无言的天

地是早就拿给李白先生游得不想游的地

辽阔的大海，在远方，我见都没见过，许多年前

也已经被远方的天才少年查海生，一眼看穿

就剩八百里凉山一年一年地生长着卑微如我的燕麦

洋芋和苦荞；就剩一条傻笑的金沙江傻笑着

鼓励我猪狗一样吃吃饭，睡睡觉，摇摇尾巴

把珍贵的人生付之东流

亲爱的阿鸽，今夜月明星稀，乌鹊不飞

我也不打算绕树三匝，那太浪费时间，也太矫情

我只想变成一阵风，直接穿过那钢筋水泥做的

人民政府和他们的法律；穿过那故意绷着脸的

道德家们千百年不变的魔咒；穿过这物欲

横流的时代铺天盖地的广告牌……哪怕

伤痕累累，也要努力地微笑着，来到你的

梦中，让你的梦，又香又甜

完全不像梦

选自《独立》总第 17 期，2011 年

最后的要求

吕约

你，我们，你们
还有什么要求？

要求笑，要求哭
要求大声，要求小声，要求闭嘴
要求记住要求忘记

眼睛和嘴巴，手和腿
在传达要求
如果是"心"在违反要求
让它认错

刀子，炸弹和核武器
要求人们注意它的要求
只有那些用手抱头，发不出声音的
放弃要求暂时

有的要求是历史派来的
有的宣称是未来派来的
嗓门最大的是"现实的要求"

有的要求派出军队
有的写来情书

拒绝一个要求
是为了满足另一个

每一个漂亮的形容词
都是一个要求
一个词下达了无数个要求

"我对你没有要求"
这是最高要求

刚刚睡着的孩子眼角的
一滴泪，请你放弃对他的要求
这可是
放弃整个世界

一些死亡也无法满足的要求
镌刻在墓碑上，国旗上

幸运的是，要求并不总是盯着我们的眼睛
它有时也会打瞌睡
抓住这个时刻，抓住所有赦免的时刻
——这是我对你的唯一要求

　　　　选自《坐标》2011 年卷

小春天

秦巴子

这个春天是小的
这个春天的风是小的
风吹开的花是小的
像米粒一样的香气是小的
香气里的歌者是小的
歌者的声音是小的
声音飘过的教堂是小的
教堂里的灵魂是小的
灵魂的哀怨是小的
在这个小小的春天
做一单生意交易是小的
约会了朋友谈话是小的
写下的诗句意象是小的
出行或者突围志向是小的
一盘棋的格局是小的
我打开一本书读到深夜
书上的字也越来越小
小到快要看不见了
一灯如豆像心的小跳
春夜之思如此之小
爱也如此之小

让我吃惊

在这个春天，是地震

太大了

写于日本东北部大地震之后，这是一段令人震惊的日子

2011 年

选自伊沙编选《新世纪诗典·第 1 季》，浙江文艺出版社 2012 年 10 月版

2012^年

诗歌论

白鹤林

清晨街道上，见一老妇人
背两扇废弃铁栅门，感慨生活艰辛。
夜晚灯下读诗，恰好就读到
史蒂文斯《人背物》，世事如此神奇。
难道诗歌真能预示，我们的人生际遇
或命运？又或者，正是现实世界
早先写就了我们全部的诗句？
我脑际浮现那老人满头的银丝，
像一场最高虚构的雪，落在现实主义
夜晚的灯前。我独自冥想——
诗歌，不正是诗人执意去背负的
那古老或虚妄之物？或我们自身的命运？
背门的老人脸上并无凄苦，这首诗
也并不须讨厌和虚伪的说教，
（像某些要么轻浮滑稽，要么
开口闭口即怨天尤人的可笑诗人）
我只是必须写下如下的句子：在我回头
看老妇人轻易背起沉重铁门的瞬间，
感到一种力量，正在驱动深冬的雾霜，
让突然降临的阳光，照澈了萎靡者的梦境。

选自《终点》总第 8 期，2012 年 1 月

真的太像人了

唐果

不知从什么时候起，我有了偷窥的毛病
有一天，我去偷窥蚂蚁
我选了个隐蔽的位置，拿着书装模作样
黄槐树下，它们出现了
一只接一只，排成队齐步走
我找了半天，也没找到那只喊口令的蚂蚁
仍然是这棵黄槐树，也许还是那窝蚂蚁
好像是自由活动的时间

它们有的抱在一起，啊！太像人了
有的两只垒在一起，啊！太像人了
一只举着前腿冲向另一只，啊！太像人了
有几只在搬死苍蝇，拉的拉，推的推
啊！太像人了！有一只蚂蚁离蚁群较远
一副不与凡俗为伍的样子，真是太像人了

选自《特区文学》2012 年第 1 期

答客问

张作梗

为什么还活着？

因为人生已遍历，惟有死亡尚未得偿。

为什么还活着？

因为大海沉默，灯塔还未被落日拐走。

为什么众人前来，而你从世界的中心独自出走？

因为热闹是表象，孤独才是本质。

为什么忽然就死了？

因为人生已遍历，活已成为心灵的负担。

为什么忽然就死了?! ——

因为肉体的容器已满；死亡，乃是其自然溢出之物。

选自《扬子江》诗刊 2012 年第 1 期

看见一个闲人在批评教育他的女人

伊沙

有一年我在杨家村夜市的烤肉摊上
看见一个闲人在批评教育他的女人

你是不是看上那个小白脸了啪一耳光

你要是看上他了你就跟我说啪一耳光

你要是看上他了你就跟他走啪一耳光

哭啥呢哭啥呢我好好跟你说话呢啪一耳光

他要是敢欺负你你就来跟我说啪一耳光

是不是占了咱便宜现在又不要咱了啪一耳光

那你去把他叫来我只要他一块肉烤了下酒啪一耳光

不是不是那你哭啥呢跟他好好过日子去呗啪一耳光

啥你说啥对不起我你没啥对不起我啪一耳光

你跟个穷学生要是没钱了回我这儿拿啪一耳光

你跟他走过不惯再回来咱们接着过啪一耳光

反正你走到哪儿都是我的人儿啪一耳光

哭啥呢哭啥呢你是我的人儿我才打你啪一耳光

滚吧滚吧今儿晚上你就跟他睡去吧啪一耳光

他那老二咋样你明儿一早来跟我汇报一下我还就是不信这帮小白脸
　了啪一耳光

啥不让我找别的女人你管得着吗你以为你是个什么东西今儿晚上我
　就找仁啪一耳光

嗨吃烤肉的胖子你看啥呢我教育我女人你看啥呢啪一耳光

选自谭克修、李少君主编《明天·新世纪十年诗歌档案》，长江文艺出版社
2012 年 3 月版

到处都是悲伤的夜

嘎代才让

可怕的夜占据大地。

可怕的嘴巴说出思念。

可怕的风以一把剑的速度抵达身躯。

可怕的声音让我听见了你的心跳。

可怕的雪柔软地作响。

可怕的视线内满屋子的眼睛都是你的，忧伤。

可怕的耳朵内听不到外界的声音。

可怕的我如此悲伤。

可怕的是生灵万物最后学会用悲悯的目光，不时扫我一眼。

可怕的是我们经历着一分为二的疼痛。

可怕的是突然感觉满头白发，立地不稳。

可怕的是不得投生于下一个生命，轮回中看不到你。

最可怕的是今夜又睡不着，

想着你天亮。

选自《特区文学》2012 年第 3 期

暗中

赵四

你在那里吗？
我触不到你，完全触不到
我的希望触不到你，绝望触不到你，
呼喊触不到你，沉默触不到你，一寸一寸
向你逼近的衰朽也触不到你。冰冷，无性，
遥不可及却近在咫尺，真的冰雪，提着
深度北方的寒冷，推开更北的
永久冻土带，向我走来。但有人说，即便
在那里，也有松软如糕点的石内生物
消遣般舒服地掖在石头表面下
多孔的空间里，看着我，暗中
风息掠过，苍翠遍布
我们这些被从高处浇下的难解之谜
永恒支配的活体啊，无时不仍在
暗中生长，并不时被阴雨裹挟，
被梦幻掳掠。

选自《诗歌月刊》2012 年第 3 期

月光中的故乡

世宾

月光如水，照耀着改头换脸的乡村
山坡、野池塘和一条清澈的溪流
如今，已不见了踪影
那些烟囱，破败的厂房
仿佛在诉说着今生的失败

我已回来，但我已回不去了
那层薄幕，那如水的月光中
刺鼻的废气和日益模糊的景象
与记忆中的故乡，相去甚远
古渡口的驳船，敞开了空无一物的胸
在浊流中，喋喋之声
晃动着一片后世的荒凉

我已回来，月上梢头
所有梦，都要回到原地
只是故乡，只有那片月光
还没改变，你我的少年
曾嬉戏的田野，神秘的老槐树
都消隐于工业的尘埃
和机械喷薄而出的欲望

月光中，我们曾经彻夜长谈

用风声、雨声，用消逝的蟋蟀的语言

如今，你我天各一方

在你改头换脸的村口

我已无法将你辨认，月光中

故乡已是他乡，而我

也有多少杂质把我改造

在浩荡的时光中，我们

各自改变，互不相识

在陌生的世界中，慢慢暗淡

选自《诗刊》下半月 2012 年第 3 期

笔记本

丁燕

我看见我掷出去的愤怒

哀伤和祈求，以及小小的埋怨

燕子般，一排排，站在横条高压线上

每一个字的笔画，当我拆解它们时

警报都响在我的舌头底下

每一个夜晚，那些小小的胚胎

都如月亮般，自由自在长大

然后它们便高高地矗立在那里

我被它们打耳光，用脚踢，扯下衣服

我如母狗般谦卑怯懦：我纵容它们

那些不再属于我的孩子。它们的呼吸

比蝙蝠还狰狞；心脏像布谷鸟的锤子

砸下去，砸下去：面对这玻璃世界

它们从不恭顺，浑身导电；它们将白霜

挂在一切物体之上；它们挡住光线

看到瓦砾、炉渣、枯草和地窖

它们和云朵共呼吸。它们飞

等待枪决。当那声脆响炸开

我轻轻地合上笔记本：我在这个世界上

遗留下来的这些逆子，爱我的时间

远远超过那些进入我身体的男人

选自《诗歌月刊》2012 年第 4 期

论自由

黄金明

对于鸟儿来说，自由就是翅膀

对于蜈蚣来说，自由就是数不清的脚

对于猛兽来说，自由就是行动

但蝶蛹仍在梦中作茧自缚

对于蒲公英来说，自由就是飘散

但树木的自由在于安静

不为风声和自己的枝条所动

而蛀虫迷醉于广阔的黑暗

并将朽木蛀空。对于蜗牛来说

自由就是硬壳，它们在缓慢地移动

仿佛没有终点。对于蚯蚓来说

自由就是泥土，它们像依赖泥土的草木

不能自拔。斧头的自由在于嘴唇

那么薄，那么锋利，伐木丁丁

作为斧头的同伙，对于锯子来说

自由就是牙齿，它咬紧了木头

并使木头迅速分离。对于镜子来说

自由就是空无，它完美地反映

它所目睹的事物。作为镜子的孪生之物

平静的湖泊被越来越多的乌云弄脏

逐渐生成的风暴没有将鱼类扰乱。

选自《诗歌月刊》2012 年第 4 期

一个终生以自己为敌的人

莫卧儿

那个坐在火山口上吃火山灰的人

那个爬上山顶从悬崖轻轻跃下的人

那个扛着尸体来回行走的人

那个乳晕粉红把水当成毒药的人

那个大腹便便影子枯槁的人

那个在泥浆中跳脱衣舞的人

那个一分钟前细细描眉一分钟后爱上死亡的人

那个眼睛明亮身后拖着长长血迹的人

那个头顶白云脚踩棉田的人

那个怀揣玫瑰刚刚掐死一只企鹅的人

那个扯着头发把自己从土里一点一点拔出来的人

那个挥动双桨在天上划来划去的人

那个拿着问号和风声打架的人

那个一边垒纪念碑一边失眠的人

那个蒙着面在镜子前反复端详的人

那个头顶下弦月玩躲猫猫的人

那个日夜嚼着词语永远饥饿的人

那个从墓园回来的人

把胎盘、夜色、蜂针一起埋到了地下

选自《诗刊》下半月 2012 年第 4 期

春风中有良知

李成恩

春风中有良知，翻起层层细浪

我看见池塘深处多年前的淤泥，像一个人的内心

羞愧得如此清澈

春风中有良知，翻起枯枝败叶

我看见树木的脸上下翻飞，像一个人的内心

心绞痛绞杀了他的羞愧

春风中有良知，翻起故乡的炊烟

我看见人类的故乡死而复活，像一个人的内心

堆集在小小的黄土坟上

春风中有良知，翻起历史的旧账

我看见马匹掀翻了强盗，像一个人的内心

燃起细浪、炊烟与枯枝败叶

选自赵卫峰主编《漂泊的一代》，中国文联出版社 2012 年 5 月版

蜜蜂

徐俊国

整个上午

一群蜜蜂围着我嗡嗡不停

我在菜园里割韭菜

它们落在我的肩上和鞋面上

我回屋读史奈德 王维和雷克斯罗斯

它们落满书页

密密麻麻遮住了我喜爱的诗句

想来想去我忽然记起

可能是今天早晨去桃花涧坐禅

不小心把花粉吸进了身体

蜜蜂们如此不舍地追我

估计是想从我这里

找回那种叫蜜的东西

选自徐俊国著《燕子歇脚的地方》，漓江出版社2012年5月版

再读《资本论》

谢小青

油菜花撒野的时候

我在田埂上，想到《资本论》

与席卷全球的金融风暴

身边这一亩两分地，为何没有剩余价值

女人的价格，或在山顶，或在洼地

还是由男人说了算

两只喜鹊，在一棵樟树上

吵了一辈子，阴影飞来飞去

我的家乡，一个农民的儿子

他的公司一上市，就圈了两百亿

他的直升飞机就降落在田野上

村里一个老党员，一辈子坐在台下开会

他去见马克思的时候

仍一贫如洗

选自《中国诗歌》2012 年第 7 期

母亲的心脏

路也

她的胸部上方偏左，即当年佩戴领袖像章的那个位置

———那个最革命的位置

开始塌陷了

她的曾经被我吮吸过的左乳房的背面那片区域

——那片最慈爱的区域

开始疼痛

她无数次因我的胡闹而生气并且用力的那片面积

——那片最喜欢说教的面积

开始衰败

她的被我的远行而牢牢揪住的那个地方

——那个仿佛被别针穿插的地方

开始退化了

她那已跳动六十多年，其中已为我跳动了四十年的器官
——那个伟大的器官
此刻正因缺氧而悲伤

选自《诗刊》上半月 2012 年第 7 期

时光机器

郁葱

青涩渐退，
艰深、浮泛、轻浅、灵性，
刺激性、内敛、私密、封闭性，
这些词汇已过中年，
这些感觉已过中年，

那些曾经的文字是肉体，
也是时光的机器，
它在那些年拼成抽象的脸，
发散着欲望发散着暧昧。
但是我们幸运，
我说的幸运不是幸福，
它在那些年也被拼成具象的图片，
像诗歌一般残酷和惨淡。

诗歌、灵魂、思想，

一起坠落了，它托不起自己，

它不美丽，没有智慧。

三月，春天却远了，

那些绿植物蓝植物粉植物也远了。

那些生命在的时候我们忘记了生命，

在诗里，我们找不到青春年少，

青草一寸，尘世经年。

选自《诗刊》上半月 2012 年第 7 期

被灵魂追赶的人

潇潇

我被灵魂追赶

飞得越远，越高

越无处可逃

转过身

一滴花露碰碎刀尖

下雨了

废气包裹的楼群

与云朵擦肩而过

我累了，踩着刀锋

朝贬低的生活迈了一步

把苦难扔进炉火，用孤独温酒

像企鹅摔倒一样

在疼痛与无奈的细节中

接受一场命运的大雪

欲望，奔向今世

道德迎风瓦解，人间乱了方寸

我被浮尘撞倒，一颗灵魂

再一次挂在刀尖上

使每一个夜晚意外地尖锐

每一个清晨锋利无比

选自潇潇著《踮起脚尖的时间》，作家出版社 2012 年 8 月版

死亡在工作

蓝蓝

死亡在微笑的脸上工作。

死亡在情人的嘴唇间工作。在婴儿诞生的

啼哭声中大笑，在第一朵迎春花

嫩黄的自信中工作。

死亡在工作，没有比它更尽职的家伙！

但它有永远做不完的工——既然

还有人在微笑，还有人在接吻

还有婴儿诞生，迎着它阴鸷的注视。

元旦这天的早晨

我冒着寒风走出家门，看见

路边干硬的迎春花挥舞着枝条

它挥舞！挥舞！

——被严冬所嫉妒。

选自《诗建设》总第 6 期，2012 年 8 月

我在中国见到梦露

姚风

一九七四年仲夏的某日

在一个无人的角落

我悄悄打开手中的美国杂志

它由 K 同学身为外交官的爹

冒险从国外带回

封面上的梦露

正在向一个十五岁的中国少年微笑

纯洁，无邪，性感

（我打赌，这词儿绝不是中国人的发明）

如明媚的阳光

猛然把我照耀

我也向她微笑

我贪婪地打量她被春风掀起的白裙子

我好奇地想知道裙子内部的秘密

我可以喜欢梦露吗

我可以喜欢如此美丽的美帝国主义吗

我向美利坚致敬

我向伟大的美国人民致敬

他们仅用几代人的基因

就培养出旷世的杰作

一九七四年仲夏的某日

这一天也许平淡无奇

没有天才诞生，没有伟人辞世

但对我来说是多么难忘

在中国

在北京一条灰暗的胡同

我见到了梦露

我的梦想改变了轨迹

我的青春喷着鼻血到来

选自《读诗》2012 年第 3 期

自由

沉河

这是关于自由的最新说法
它来源于我的妻子
那个全天下最好的女人
她说，真是自由啊
可以触摸你身体的全部
我们十六年的床上经历
也没有这句话火热
它让我热血沸腾，想到自由
仅仅是最小的自由
在我和我的妻子之间
因为可触可感而分外
真实而幸福

选自伊沙编选《新世纪诗典·第 1 季》，浙江文艺出版社 2012 年 10 月版

给不在世的姐姐算命

君儿

姐姐
以前我用书
现在我用电脑

给你算命

给一个不在世的人

算命

这有多荒谬

你得了四十六分

我得了五十八分

我们姐妹都没及格

十二分之差

你赴黄泉

我仍在尘世上

懒惰 梦寐 挣扎

姐姐

屏幕雪白

我看不到你的音容

你现在的世界

是什么样的

如果也是六十分

才算及格

那我们姐妹的同病相怜

要持续到第几次

轮回

第几又几分之几世

以后

2012 年

选自伊沙编选《新世纪诗典·第 1 季》，浙江文艺出版社 2012 年 10 月版

一个词在流动

阳子

这句话易碎，所有的词在躲闪
在流动，在求证孤独的缓慢歪斜
摇摆向前的器皿，你感觉不到
那缓慢移动的脆弱向高处瞭望
有灯亮在骨头撕裂处
无色无味，仿若被掏空的疯狂
声音滴落下来，虚幻的绳索
描述发光的异想

还有那些耍着符码的词
一个流动的词像一缕烟
关于天空的想象从绳索到地面
折射了多少高速运转的伤口
那些伤口习惯于腐烂
像扩张的眼睛生成了死亡

而那句话依然在号叫
一个词翻涌碎片
时间一再修建，时间曾经离开
酸性气息一再弥漫
大面积的变化东张西望

所有的词未能覆盖沉默

它们怀揣偏僻的心

执着地说着、说着，淌着热血

选自《诗江南》2012 年第 5 期

凤凰（节选）

欧阳江河

1

给从未起飞的飞翔

搭一片天外天，

在天地之间，搭一个工作的脚手架。

神的工作与人类相同，

都是在荒凉的地方种一些树，

炎热时，走到浓荫树下。

树上的果实喝过奶，但它们

更想喝冰镇的可乐，

因为易拉罐的甜是一个观念化。

鸟儿衔萤火虫飞入果实，

水的灯笼，在夕照中悬挂。

但众树消失了：水泥的世界，拔地而起。

人不会飞，却把房子盖到天空中，

给鸟的生态添一堆砖瓦。

然后，从思想的原材料

取出字和肉身，

百炼之后，钢铁变得袅娜。

黄金和废弃物一起飞翔。

鸟儿以工业的体量感

跨国越界，立人心为司法。

人写下自己：凤为撇，凰为捺。

      2

人类并非鸟类，但怎能制止

高高飞起的激动？想飞，就用蜡

封住听觉，用水泥涂抹视觉，

用钢钎往心的疼痛上扎。

耳朵聋掉，眼睛瞎掉，心跳停止。

劳动被词的膂力举起，又放下。

一种叫做凤凰的现实，

飞，或不飞，两者都是手工的，

它的真身越是真的，越像一个造假。

凤凰飞起来，茫然不知，此身何身，

这人鸟同体，这天外客，这平仄的装甲。

这颗飞翔的寸心啊，

被牺牲献出，被麦粒洒下，

被纪念碑的尺度所放大。

然而，生活保持原大。

为词造一座银行吧，

并且，批准事物的梦幻性透支，

直到飞翔本身

成为天空的抵押。

      3

身轻如雪的心之重负啊，

将大面积的资本化解于无形。

时间的白色，片片飞起，

并且，在金钱中慢慢积蓄自己，

慢慢花光自己。而急迫的年轻人

慢慢从叛逆者变成顺民。

慢慢地，把穷途像梯子一样竖起，

慢慢地，登上老年人的日落和天听。

中间途经大片大片的拆迁，

夜空般的工地上，闪烁着一些眼睛。

      4

那些夜里归来的民工，

倒在单据和车票上，沉沉睡去。

造房者和居住者，彼此没有看见。

地产商站在星空深处，把星星

像烟头一样掐灭。他们用吸星大法

把地火点燃的烟花盛世

吸进肺腑，然后，优雅地吐出印花税。

金融的面孔像雪一样落下，

雪踩上去就像人脸在阳光中

渐渐融化，渐渐形成鸟迹。

建筑师以鸟爪蹑足而行，

因为偷楼的小偷

留下基建，却偷走了它的设计。

资本的天体，器皿般易碎，

有人却为易碎性造了一个工程，

给他砌青砖，浇筑混凝土，

夯实内部的层叠，嵌入钢筋，

支起一个雪崩般的镂空。

选自《花城》2012 年第 5 期

我的一生

默默

只不过在天上与鸽子缠绵了一会儿

让彩虹见笑了

只不过在悬崖上与松树坐了一会儿禅

让月亮见笑了

只不过在波涛里与白帆偎依了一会儿

让大海见笑了

只不过在林中与仙鹤对饮醉了一会儿

让蘑菇见笑了

只不过在路边与昙花一起开放了一会儿

让白云见笑了

只不过在秋天与落叶一起落了一会儿

让大地见笑了

只不过在狮子的怀里打了一会儿盹

让猎人见笑了

只不过在天上偷窥了一次人类的阴影

让神见笑了

彩虹想象着月亮的脸庞

大海想象着蘑菇的呼吸

白云呢，多么想在大地上飘一飘

杀生的猎人呢，梦想着护生的神将他宽恕

就这样，过着混乱的生活

我嘲弄宿命

选自《诗歌周刊》总第 169 期，2012 年 11 月第 1 期

收音机

何小竹

我觉得收音机这种东西

最适合打开它的时间

是晚上

1971 年夏天的晚上

我从收音机里

听到一种陌生的声音

很好奇，又很惊慌

若干年后才知道

那是英语

选自《诗江南》2012 年第 6 期

我这样厌倦了词语

金铃子

我这样厌倦了词语

它们让我左右为难，十分棘手。有的词语

仿佛庄严的雪，堆在心边

我真害怕，稍不留神，就悄悄化掉

有的词语，藏满火焰

恰似铁的枝条上，花朵等待燃烧

我不敢去碰它们，担心一碰

花蕾中的火星，就会

毕毕剥剥地炸裂，留下泪水的灰烬

有的词语，浑身是刺，如同

眼中的钉子，夺眶而出，那么的快速

那么的惊心，好像

尖锐的往事，一下子就将我钉穿

有的词语，澎湃似大海

巨浪拍天。我被它衬得无比短小

无比浅显，不及鲸鱼的一滴泪水

不及海带的半丈狂欢

有的词语，就是明明白白的石头，既硬

又重，对于我的爱情，它就是

泰山压顶。而且

每重复一次，都有电闪雷鸣

有的词语，就像磅礴的日出

光芒四射，照得我的忧伤

睁不开眼睛。照得我的山峦胜过最美的乳房

啊！词语，词语，我虽然

厌倦了你们，但词语中却有一股

故土的花香，让我反复嗅及

让我一遍又一遍地

喃喃自语："妈妈!"

　　选自《中国诗歌》2012 年第 6 期

2013年

私人心愿

冯娜

这也许并不漫长的一生　我不愿遇上战火
祖父辈那样　族谱在恶水穷山中散佚的充军
我愿有一个故乡
在遥远的漫游中有一双皮革柔软的鞋子
夜行的火车上　望见孔明灯飞过旷野
有时会有电话　忙音
明信片盖着古老地址的邮戳
中途的小站
还有急于下车探望母亲的人

愿所有雨水都下在光明的河流
一个女人用长笛上的音孔滤去阴霾
星群可以被重新命名
庙宇建在城市的中央
山风让逝去的亲人在背阴处重聚
分离了的爱人走过来
修好幼时无法按响的琴键……

最后的心愿　是你在某个夜里坐下来
听我说起一些未完成的心愿
请忆及我并不漫长的一生

让燃烧多年的火苗　　渐次熄灭

选自《边疆文学》2013 年第 1 期

大风吹

李轻松

大风吹过山河，也吹过墙头草

山河并未在风中走了样

而墙头草随风倒向了两边

风声总是先于事实存在

那个泄密的人，走在山雨之前

楼上的灯笼已给了他暗号

雁阵横斜，头颅低垂

他怀着一腔热血，急于献身

他的每一步都饱含着冲突

越是接近真相越是不安

请允许他怯懦一次吧！允许他后退

这战栗的风中先导，这乌云的爪子

都是手中的命运锁链

锁链上的火焰与牢狱。

风满楼啊，花满地

一些头颅被风吹裂

一些花朵被风卷走

再一次给时光放血，给梗塞疏通

还有谁能独上高楼，不被大风吹乱？

选自《诗选刊》2013 年第 1 期

被原谅的欢乐

雪松

小动物以它们的牺牲喂养了我

少年的欢乐，比如那一对正在造爱的青蛙

瞬间被我穿在铁丝上示众

那只误入屋子的麻雀

被我点燃抛向空中

在划亮火柴的刹那，我似乎忘了

麻雀是要用翅膀来飞翔的

而青蛙的歌唱

是我小时候唯一的乐队

我慢慢迫害着它们

我让急匆匆赶路的毛毛虫永远回不了家

我让交配的蝴蝶惨死在欢乐里

它们的挣扎是我快乐的源泉

燕子是一个例外，我从未下过手

这得益于民间谚语

而杀死一条蛇带给我的快乐

已非同一般——它大于快乐

多年已过，这些欢乐至今被原谅着

鸟儿们用轻盈的飞翔

昆虫们用忘却忧虑的歌唱

原谅着。我的心

变成了谁也看不见的坟场

选自《诗建设》总第 8 期，2013 年 2 月

一棵白菜要省着点吃

杨康

一棵白菜要省着点吃

尤其是淡季，尤其是大雪

封山的时候。在煤矿，这些男人

像女人们一样精打细算过日子

夏天土豆，冬天白菜

就连白菜也不便宜啊

最贵的时候还一块钱一斤呢

一圈一圈地吃，一匹一匹地吃

要以最省的方式吃。几棵白菜

必须从立冬吃到小寒，再吃到冬至

直到积雪融化，山坡上裸露出黄土

直到黄土地上出现嫩黄

的草芽。在没有春天的消息以前

每一棵白菜都要省着点吃

白菜冻不得，得把它们放在炕头

每天醒来都能看见一抹绿色

这对一双长期在黑暗中的眼睛来说

是多么奢侈的事情。和白菜躺在一起

一起呼吸，一起等待春天来敲门

三棵，两棵，一棵……

剥开最后一棵白菜

春天就像鹅黄的白菜心一样

爬满窑洞外暖暖的大地

　　　　　选自《文学港》2013 年 2 月号

慢时光

爱斐儿

必须承认，我错过了许多这样的清晨

错过了冰冻在水面缓慢融化

与春天柔软的光线一同制作的世俗美景

已是春天，松柏树下

西皮慢板舞蹈在京胡的细弦

鸟鸣驻留在西府海棠枝上

日日婉转，时常沾满花香

露水，如晨练老人的目光一样恬淡

我觉得腕上的时针无端感染了

这种慢节拍　返回了失传已久的

更鼓滴漏时代　我看到了遛鸟人

前清味道的八字步　缓慢地走在旧城墙

我觉得太极推开的云手

应该拨雾漏出迷津

让这安详的慢时光

把垂垂老矣挡在时间之外

是的，这废墟上的许多次春天都被我错过

因为我的快错过了这种慢

让许多花瓣样的祝福　经过了

一年又一年　就像海棠树

积攒多年芳香弥漫　只等在

一夜春风之后　像花雨一样

撒给所有经过这个春天的人

　　　　选自《诗潮》2013 年第 2 期

自画像

扶桑

我的灵魂有两间居室

分别住着黑夜和黎明

我一生写下过两封情书

一封给爱，一封给死亡

选自《人民文学》2013 年第 2 期

乳房

颜艾琳

一种布丁

一种干酪蛋糕

一朵肉感的玫瑰

一朵神秘的云

一瓶动态的奶

一瓶没有酒精的烈酒

主动的时候

被欲望讨论着；

被动的時候

已经在嘴巴里。

选自《诗歌 EMS 周刊》，2013 年 2 月第 4 期

数字中国史

周庆荣

五千年，两千年的传说，三千年的纪实。

一万茬庄稼，养活过多少人和牲畜？

鸡啼鸣在一百八十二万五千个黎明，犬对什么人狂吠过两万个季节？

一千年的战争为了分开，一千年的战争再为了统一。一千年里似分又似合，两千年勉强的庙宇下，不同的旗帜挥舞，各自念经。就算一千年严丝合缝，也被黑夜占用五百。那五百年的光明的白昼，未被记载的阴雨天伤害了多少人的心？

五百年完整的黑夜，封存多少谜一样的档案？多少英雄埋在地下，岁月为他们竖碑多少竖在何处？阳光透过云层，有多少碑在九百六十万平方公里之外？

我还想统计的是，五千年里，多少岁月留给梦想？多少时光属于公平正义与幸福？

能确定的数字：忍耐有五千年，生活有五千年，伟大和卑鄙有五千年，希望也有五千年。

爱，五千年，恨，五千年。对土地的情不自禁有五千年，暴力和苦难以及小人得志，我不再计算。人心，超越五千年。

2013 年 5 月 16 日凌晨

选自周庆荣著《有远方的人》，春风文艺出版社 2014 年 7 月版

先于

孙磊

纸，先于字迹消逝，
头颅，先于垃圾，
如果热血的肮脏不黑灯。

瞎，先于切齿，
杀戮，先于子弹的陶醉，
如果独酌成为裁定的一切。

实际上，恨是先于爱的，
空是先于白的，
死也先于宽恕。

但，不先于不死，
生先于上生，
而上却永远不能先于不上。

上的阵地在衣领间，
一枚扣子，解冻的胸怀，
一阵风，先于
一个立场。

选自《诗刊》上半月 2013 年第 5 期

乳房之诗

玉上烟

窗外，树叶在轻轻飘落。现在。我想抽支烟，

或者，听点音乐。我孤独是因为今天我们四姐妹谈到了乳房。

张玲，乳腺癌。宽大的衣服并没有出卖她。但她的一只乳房空
了，另一只，孤单地睡在腋窝下。

高慧芳身材高挑，秀峰是重量级的。飞蛾扑火躺在了另一个男
人的手臂里。一年后乳房被那人老婆用刀捅伤。

黄金的酒杯已在生命中破碎。

刘秀丽，两只乳房垂下来能遮住肚脐，人称飞机场。男人去外
地打工，至今爱归不归。

张玲小声说她儿子小时候捧着乳房吃奶的时候真可爱，就像在
吹喇叭。

高慧芳幽幽地说她乳房上的伤疤自己都不敢看，哪个鸟男人还
会喜欢呢？

刘秀丽说我都生锈了，连剃头的老三都说我不像女人。他妈
的，这世界没有女人只有乳房了。

说着说着，她们开始羡慕我，说我能写会说，长得又好，追我
的男人一定一火车。

说着说着，她们开始轮番抓捏我的乳房，狠狠地，恨恨地：
"骚货，你说是不是，你说是不是？"

仿佛我的乳房是淫荡的。

仿佛我抛弃了她们。

仿佛我抢走了她们的男人。

仿佛我毁了她们的生活。

仿佛这样，就可以治疗她们的伤痛。

后来，她们走了。没人再和我说一句话。

我回到自己房间躺下。

我抓住自己的乳房，哭了起来。

窗外，树叶在轻轻飘落。现在。我想抽支烟，

或者，听点音乐。我悲伤是因为我在等待一个永远不会到来
的人。

尽管，我有美好的乳房。

选自《诗歌月刊》2013 年第 5 期

寺庙与青春

李亚伟

我的青春来自愚蠢，如同我的马蹄声来自书中

我内心的野马曾踏上牧业和军事的两条路而到了智慧的深处

如今，在一个符号帝国中度过的每一天都是极其短暂的

我完全可以靠加法加过去了事

我和战争加在一起成为枪，加在美女上面成为子弹，加在年龄的下
面成为学者

这样，好事不出门，坏事传千里把我传出了学术界

我的一生就是 2＋2 得 4、4＋4 得 8、8＋8 得 16 的无可奈何的下场

在中国的青春期，曾经有三个美女加在一起拒绝男人

曾经有三个和尚无水喝，在深山中的寺庙前嬉笑

曾经有一个少年是在大器晚成的形式上才成了情人

我有时文雅，有时目不识丁

有时因浪漫而沉默，有时

我骑着一匹害群之马在天边来回奔驰，在文明社会忽东忽西

从天上看下去，就像是在一个漆黑的论点上出尔反尔

伏在地面看过去，又像是在一个美丽的疑点上大入大出

选自《诗选刊》2013 年第 6 期

俄罗斯套娃

小布头

他在一个人的夜里飞

他在一个人的瞳孔里布阵

他时而是透明的，像一种忧伤

时而又是灰色的，仿佛虚无还在增殖阴影

他有一个一个的格子间

里面住着你的故人、友人、生人、熟人、爱人、仇人

你去叩一扇一扇的门。有时门不开，产生门外汉的焦虑
有时门打开了，你却忘了进退和来时的目的

夜的布匹被撕了个豁口，风啪啪地朝里灌
生活教你以手遮灯，一步一步地倒退

你要当心，有一个喊你名字的小矮人
他躲在第一张脸里、第二张脸里、第三张脸里

选自《诗刊》下半月 2013 年第 6 期

窗外

胡弦

只有在火车上，在漫长旅途的疲倦中，
你才能发现，
除了火车偶尔的鸣叫，这深冬里一直不曾断绝的
另外一些声音：窗外，大地旋转如同一张
密纹唱片。
脸贴着冰凉的玻璃，仔细听：
群山缓慢、磅礴的低音；
大雁几乎静止的、贴着灰色云层的高音；
旷野深处，一个农民：他弯着腰，
像落在唱片上的

一粒灰尘：一种微弱到几乎不会被听见的声音。

选自《凤凰》2013 年上半年刊

大家都孤独得发狂，我对她说

春树

我躺在床上，握着手机
给不同的朋友发着短信
在给其中几个发短信的时候
我犹豫了
面对同样的名字下三个不同的手机号
我随机选择了一个

然后，享受那一刻的沉默
这种感受
慌乱而奇怪
如此熟悉
像曾经每天都经历的

那是十七岁时的孤独
那是想对人倾诉
想哭喊，想彻底摆脱
然而找不着人

此时这种感觉

突然而至

像风一样

让我看清

其实我和十七岁时

根本没什么区别

朋友们的短信如期而至

还有几个手机号，没有回音

让我在这种感觉里再留一会儿

让我再品味一下那种空虚和悲喜交加吧

我打算明天去趟天津

在江西打工的诗人

说等着我去看他

我等着我在大连旅顺的朋友来北京找我

然后我再去德阳找另一个人

选自《诗潮》2013 年第 7 期

贫乏

李建春

我用劲时太性急，不经意间又陷入无聊；

是什么仇敌总在追赶着我？

我的生命，为何这样贫乏？

我生于"文革"的中途，根苦而浅；
成长于学习恨，辩证法或强迫，
从乡间土路的石头
了解世界的物质性，
赤脚走过夏秋，冬春缩在旧袄的壳里。

我追赶村里跛脚的电影放映员，
讲故事的轮子耸起时，扇形光
超越了灰尘飞蛾；
斗争的幻象在黑压压的人头上涌动，
他们不知道自己是奴隶。

少年时代唯一的乐趣——用弹弓射鸟
或许受除四害影响，鸟尸的余温
当我会流泪后开始烫手，如今的我。
不敢杀鸡、看血——
但是心哪，在计算历史的方向时仍然那么狠！

……不惜牺牲，用蛮力坚持生活，
如果我垮下来，你是否愿接住我？

选自《诗歌 EMS 周刊》总第 193 期，2013 年 7 月第 2 期

不

曹东

我一直在顺从　在向你们举手同意

差一点就举起了双脚

我一直失眠　像一罐摇晃的玻璃

忽左忽右　走着

像走那样

现在　我终于说不

我一定要说一次

用额头　在冷冷的墙上说

如果额头碎了

用脚　在扭曲的路上说

如果路删除了

用手　在苍茫的纸上说

如果纸都成了碎屑

用眼睛　在飘浮的光线里说

如果光全部消逝

用耳朵　在声音里说

如果声音不能倾听

用牙齿　在木头上说

如果木头成灰

用血　在泥缝里说

如果血也被冻结了

那么　我要用一小块骨头

在夜里

敲出一丁点声音

选自《星星》2013 年第 8 期

果子

泉子

果子不应该堆积在果盘中，

不应该出现在餐桌上，

不应该在锋利的牙尖上

成为一种被咀嚼之物，

它应该在枝头腐烂，

它应该仅仅因自身的重量

从树枝上落下。

如果你知道，

如果你知道了，

你就是那果子，

我们都是那果子，

在无数的枝头，

在同一棵树上。

选自《阳光》2013 年第 8 期

我想和你虚度时光

李元胜

我想和你虚度时光，比如低头看鱼

比如把茶杯留在桌子上，离开

浪费它们好看的阴影

我还想连落日一起浪费，比如散步

一直消磨到星光满天

我还要浪费风起的时候

坐在走廊发呆，直到你眼中乌云

全部被吹到窗外

我已经虚度了世界，它经过我

疲倦，又像从未被爱过

但是明天我还要这样，虚度

满目的花草，生活应该像它们一样美好

一样无意义，像被虚度的电影

那些绝望的爱和赴死

为我们带来短暂的沉默

我想和你互相浪费

一起虚度短的沉默，长的无意义

一起消磨精致而苍老的宇宙

比如靠在栏杆上，低头看水的镜子

直到所有被虚度的事物

在我们身后，长出薄薄的翅膀

选自《诗刊》上半月 2013 年第 9 期

中产阶级审慎的权利

刘立云

社会的恒温指数；国家的既得利益者
下乡、考学，在机关朝九晚五地
跑腿，传令，像契诃夫笔下的那个小公务员
谨慎地咳嗽、打喷嚏……
这些该经历的都经历了！天道酬勤
现在他们终于上岸，终于在膨胀的经济体中
占据一个坐北朝南的位置
日照充足，每天到来的日子风调雨顺

有点官员的派头，有点学者的风范
有点出人头地的小虚荣
坏脾气；有点壮志未酬的郁闷
沮丧和伤感；有一点点的沾沾自喜
悠然自得，一点点愤世嫉俗
当然啦，也有一点点谢顶，一点点赘肉
一点苦恼和疾病，头发是越来越稀
而牢骚越来越盛，如房地产泡沫
还有一点点动产和不动产

一点点富余的钱，但要干件大事

比如再买套房子，还捉襟见肘

投进股市，又怕竹篮打水，血本无归

就像大地的海拔，金字塔的中坚部位

空气里的氧，一日三餐中的

稻、黍、稷、麦、豆

他们安身立命，是一些幸运的人

衣食无忧的人；想暴富但未能抓住机遇

想晋升却无力跳得更高的人

有房，有车，有力量送儿女远渡重洋

去留学，代价是提前守空巢

他们离发达还差一米阳光，距贫穷

尚隔三尺风雨；他们爱国，纳税

憎恨腐败，大胆议论朝政

有条件地捐款、捐物，赈济灾民，愿天下

太平，不希望看到战争和内乱

他们开始注意气候变化和空气质量

开始去乡村度假，去国外旅游

开始清谈、健身、补钙

开始服用进口牌子的降血压药

降血糖药，每天命令自己喝一杯红酒

哦，到了夜晚，他们仍雄心勃勃

试图发动三大战役

但大汗淋漓，每次都败下阵来

选自《诗刊》上半月 2013 年第 10 期

浮世

魔头贝贝

香烛的气息。尘世熏黑了菩萨。
邻居送来五条命。五只风干鸡。
大街上购置年货者与寒冷为伴。

女孩子露着长筒袜。像几封
寄给春天的粉红的信。蝶恋花。
勿忘我摇曳在那儿。俱往矣。

小幽暗独饮大星空。潸然
泪下。在省略号后面。
没有谁被治愈。在地球医院。

一首孕育中的诗像未出生的
胎儿憋着狠狠的哭。
冰的痰，梗着倾诉的嗓子。

四季周而复始。
我们踏步在笑过、亮过的原地。

一个个青春，一个一个斑白。

选自《诗建设》总第 11 期，2013 年

北京童话

郎启波

卖玫瑰花的小女孩，还有男孩
他们穿梭往返在夜场集中地带
三里屯，后海，或恋爱中男女
经常出没的地方。沉醉甜蜜中
的卿卿我我，被卖花孩子叫停
有人躲闪憎恶，有人慷慨大方
这些孩子对于这样的售卖方式
老练娴熟，甚至常有惊人举动
这是些被装扮得脏乱差的孩子
他们手里捧着的花朵娇艳欲滴
那原本清澈透亮的眼睛，竟然
浑浊，而又善变。无赖也无奈
有时会因金钱散发出世俗的光
拒绝，或是怜悯，或视而不见
都绝非最佳方式。不远的远处
藏着另一双偷窥的监视的眼睛
不动声色地察看着所有的一切
冷峻的眼光让卖花的孩子恐惧

这些都不是重点，我曾听说过
一个妓女某年深夜的一则轶事
她用当天唯一一单生意的所得
换取了最后那个孩子全部玫瑰
这是她的顾客酒醉后给我讲的。

选自《审视》总第 8 期，2013 年 12 月

听一只蚂蚁的心跳声

人与

爱　是入微和细节
也是　宏广和苍远

爱　是去听一只蚂蚁的心跳声
爱　是不说话　去陪一位失去亲人的老人落泪
也是在大地的梦境中谛听古神渐渐远去的脚步声

爱是小　最小的小　小成空气和虚无
让自由生。
爱是大
大到　对天　对地　对神的无尽赞歌。

选自《审视》总第 8 期，2013 年 12 月

精神

孟原

为语言而抵达现场

被抛弃的独立者在抵毁物质内部

永恒的运动，超思的状态无穷

感情潜行在深度的海水之中

苦难与挣扎自由的彷徨，描写了

世界之外———

生的过去和我们即将到达的未来

我们存在时间与时间的对峙中

否定毁灭否定的结束

这是我们所贡献

为语言而渗透力量

去思考埃及的神话来搅动心灵

或借一双巨大的手去涂写大地，

我用激情回答上帝愤怒时的狂暴与安详

我们的精神是我们一生的疾病

这是我们所奉献

选自孟原自印著《每一次毁灭都是完成》，2013 年

现实一种

余丛

到黑夜的光里去作恶
到哭泣的泪水中收集盐

到真理的阴影里去唱赞歌
到死亡的绝境里求生存

到风暴的中心去享乐
到爱的伤疤上寻觅痛感

到大海的浪花上采蜜
到傻子的快乐里打捞生活

到倒车镜的风景里偷窥
到马桶的下水道里漂流

到光阴的皱褶里玩权术
到梦的奇遇里去练习倒立

选自《太阳诗报》总第 30 期，2013 年

2014 年

我养的狗，叫小巫

余秀华

我趔出院子的时候，它跟着
我们走过菜园，走过田埂，向北，去外婆家

我跌倒在田沟里，它摇着尾巴
我伸手过去，它把我手上的血舔干净

他喝醉了酒，他说在北京有一个女人
比我好看。没有活路的时候，他们就去跳舞
他喜欢跳舞的女人
喜欢看她们的屁股摇来摇去
他说，她们会叫床，声音好听。不像我一声不吭
还总是蒙着脸

我一声不吭地吃饭
喊"小巫，小巫"把一些肉块丢给它
它摇着尾巴，快乐地叫着
他揪着我的头发，把我往墙上磕的时候
小巫不停地摇着尾巴
对于一个不怕疼的人，他无能为力

我们走到了外婆屋后

才想起，她已经死去多年

2014 年 1 月 23 日

选自余秀华著《月光落在左手上》，广西师范大学出版社 2015 年 2 月版

墓志铭

路也

她谈过 N 次恋爱，从未得到过珠宝

排出四百个卵子，未留下一儿半女

无数次将银行卡刷爆，导致身无分文

走路太快，说话太直，作文太冲，把地球人得罪大半

更甚至，还要写诗，直到把生活写坏

用偏头疼代替思考，用阅读代替活下去的耐心

如今向阳坡地全让别人占领，这在意料之中

跟生前一样没有好位置，这小小的墓缩在背阴洼地

但里面的人感到无比安全和放心

她跟一株野菊花结成了芳邻

以为现在大可以做做陶渊明，跟世界一比一平

选自《鸭绿江》2014 年第 1 期

形而上学

梅依然

世界是圆形的
我感觉到
我的浑圆与你的
壮硕
传递某种特别的信息

星空下
我们睡在一张黑色的地毯上
万物之间
我保持着我的神秘性
你维护你的秩序

当我完全容纳了你——
就像一个好客的主人
接待了一个不请而来的客人
面对痛苦
我们总是自成一体

选自《十月》2014 年第 1 期

时光是一堵透明的墙

南人

时光是一堵透明的墙

死去的人在墙的另一侧

清晰地打量着我们

打量着他们留在岁月里的遗照

照片发黄、褪色、斑驳

是他们的手无数次触摸所致

他们无数次触摸的照片

也有我们的

一起发黄、褪色、斑驳

摸着摸着

他们就拉住了我们的手

一瞬间将我们

拉过墙去

选自《特区文学》2014 年第 2 期

抱着她头发里的大雪

羌人六

比起自由和虚无，我更爱故乡

爱这些连绵起伏的群山，爱这条在阳光照耀下

闪动着鳞片的河流，也爱这些黝黑但朴实忠厚的脸谱。

今生，我就是我想象的那样一只大鸟

时间和真理是我的翅膀，而这些在山水间生长的草木、白云

都是我生动的语言。我喜欢沉默，

喜欢崎岖但始终能够爬上山顶的羊肠小道，

喜欢孩子脸上不曾掩饰的纯真与梦想，

喜欢我写下的这些文字，带着我心里的这些

石头、露水、阳光和青苔，在这长途般的时光隧道里游梭。

是的，或许我完全可以戒掉烟草、痛饮、邪恶，

但我却难以戒掉深深埋藏在血液里的那一丝脆弱

脆弱，像打开童年的钥匙，在我的骨头里已经永远沉没。

即便用再多的铁或者其他金属，

我都无法将我的脆弱加固，

它是我的月亮，来自故乡的月亮，倒映着亲人的脸，

倒映着故乡的召唤。远在他乡的日子，月亮就会在我的梦里

慢慢变成人形，她举起一杯乡愁，让犹如一列火车

开过身体的漂泊之苦，开始变得难以忍受！

很多时候，她只是沉默地坐在异乡的树梢上，一点一点剥开

滑下树梢的寂静，用寂静缝好我的忧伤。

美丽的月亮，用柔情把窗子剪碎的月亮，

就像是腰身佝偻的母亲，我好想

抱着她头发里的大雪，痛哭一场！

选自《星星》2014 年第 2 期

回乡记

刘川

一没钱

二没权

三没身份

我灰溜溜地

回到故乡

人们见我

围拢而来

纷纷问我

捞到钱没有

搞到权没有

混上地位没有

我摇摇头

他们这才敢

亲切地

喊我一声

二川子

我才敢大声应答——

哎！

心落了地

这才算

真的到了故乡

选自《彝良文学》2014 年春卷

清明，和父亲说话

灯灯

岩石渗出了水。忍住悲痛的叶子，长在毛竹身上

风一吹，哭声更大了。山上，泥土有些松动

一些蚂蚁因为交通堵塞

排在了雨的后面，我为其中的一只焦急

父亲，清明了，河水无端比去年

上涨一公分，两岸的油菜花，突然集体沉默

说不出花朵的话

和我相遇的纸钱，在不同的路口，都向我打听

亲人的地址，仿佛我是一个

熟识者。有时我竟然忘记汇款人，出口就报出

你的门牌号码

父亲，我是多么私心。有时我想象

你就坐在白云的摇椅上，水中，慢慢地摇

安静，安详。时光变成

你讲述的波纹，放下重量的水，变得清澈无比——

那时我已能听懂你的语言

在我经历的春天，今天：

看见孩子们在坟头嬉闹，追着蝴蝶。

选自《诗探索》作品卷 2014 年第 1 辑

吹先生简史狂想

乌鸟鸟

从小他就擅长于吹牛

小学课堂上　扎两条马尾辫的

女老师　被他吹得怒砸课本

扬连衣群而去　他的父亲扬起巴掌

扇肿他的脸　他流着鼻血　抽泣

继续倔强地吹　他吹着口哨

手插裤袋　长成叛逆青年

适逢大锅饭时代　广阔天地

大有作为　穷国家　青草茫茫

牛群中　独他一人将牛放

他只能对牛吹牛　将青春虚度

生产队的牛　被吹得情不自禁

翩翩起舞　在他的吹牛声中

国家解散了生产队　田地

被分割成块　数人头　人均分配

他扔掉牛绳　吹起了铜喇叭

他吹着铜喇叭　吹成了

中年的窝囊废　儿子溺亡于河中

妻子含泪远走高飞　他朝着天堂

卖力地为亡灵们　吹奏

吹得死者魂飞魄散　落荒而逃

吹得生者肝肠尽断　当场哭昏过去

但吹奏之余　他依然独爱吹牛

在他的吹奏声中　国家推行了火葬

他只好藏起铜喇叭　吹起了气球

骑辆破单车　满载五颜六色的气球

穿街过巷　高声吆喝　早出晚归

头颅之上　青丝日渐发白

但他依然坚持　闻鸡起吹　在早晨

怀抱打鸣的公鸡　攀着梯子

登上平房的屋顶　面朝林立的

浓烟滚滚的工业烟囱　激情澎湃

忘我地练习吹牛　怀抱的公鸡

亦激情澎湃　忘我地伸长细脖鸣叫

在鸡鸣和他的吹牛声中　肉镇

缓缓地打开门窗　伸出哈欠的脑袋

在他的吹牛声中　他的真实姓名

被我们日渐遗忘　我们都喊他吹先生

半路上撞见了　我们喊　吹先生

吹个牛来听听　他笑眯眯地曰

吹了一天的气球　气　已不多也

待我吃饱了饭　再给你们吹

他推着一群　五颜六色的气球

消失于巷弄的拐弯处

选自《作品》2014 年第 3 期

冬天到来之前

阿西

冬天到来之前，尽量淡泊

尽量保持平和与温顺

冬天到来之前，尽量缓慢

尽量保持静止与独立

冬天到来之前，多吸收阳光

尽量保持内心的明亮

哦，冬天就要到了

有些人将像落叶

被寒流裹挟着，消失掉

有些人将要生病

冬天就要到了

呼吸将受到阻力

走路的姿势将发生歪斜

嘴角上将要挂起冰凌

哦，冬天到了

说话要小声，别让坏人听见

坏人就在我们中间

阻止春天的到来

选自《诗篇》2014 年第 4 期

烤蓝

刘立云

我要写到火　　写到像岩浆般烧红的炭

写到铁钳　铁锤　铁砧

写到屠杀和毁灭前的

寂静。而我就是煨在炉火中的

那块铁　我红光烁烁

却软瘫如泥　正等待你的下一道工序

我要写到铁匠的饥饿　仇恨　愤怒

写到一条大腿从顶楼的窗口

伸出来　打翻昨夜的欲望

我要写到比这更剧烈的

冲床　铣床　刨床　它们的打击是致命的

足以一箭封喉

我要写到血　它们在铁中隐身

粒粒饱满　有着河流般的

宽阔　蛮野和生猛

但却不允许像河流那样泛滥

我要写到地狱　写到它与天堂的距离

就像我与死亡的距离　近在咫尺

我要写到这块铁从高温的悬崖

跌落下来　迎接它的是

零度以下的寒冷　然后带着这一身寒冷

再次进入高温——如此循环往复

并在循环往复中　脱胎换骨

渐渐长出咬碎另一块铁的牙齿

我要写到烤在这块铁上的那种蓝

那种炫目的蓝　隐忍的蓝

深邃而幽静的蓝

我要写到这种蓝的沉默　悬疑

引而不发　如一条我们常说的不会叫的狗

如一颗在假想中睡眠的弹丸

选自《诗歌月刊》下半月 2014 年第 4 期

在深山中点灯的人

唐诗

在黑暗中点灯的人，红如柿子

除了光芒，还隐隐地带着甜味。这是一朵
偶尔咳嗽的火焰，不再走动的火焰
像老树上的梅花，映着白茫茫的风雪，亮在
站立的地方。点灯的人，白头发
白眉毛、白胡子，像白银打造的一位老人
从大山寒冷的铁里挤了出来，凛然地
带着火的余威。他看到
挂在墙上的镰刀被挂在旁边的辣椒映热
他听到狗吠中也有火苗在嗤嗤地响
一心一意，要把严寒吓退。点灯的人
像灯一样坐了下来，平静而安详
骨头里的疼，蓦然亮了一下
点灯的人，低哼着，万树枫叶涌动
山歌也开始熊熊燃烧。有时
老人把灯当作朋友打量。有时，灯把老人
认成了两鬓风霜的灯。只有
灯盏里的油蓄满了老人的心事，而且
还知道：他的心脏边始终是日出……

选自《中国诗歌》2014 年 4 月号

与郑小琼聊天

胡桑

我们谈到一代人。问候重复了无数遍。

在冬天，像两个沉重的老人，减少热度。

我们付出了激情，却并没有获得未来。
傲慢，让我们加速进入尘土的序列。

理想得不到长久的宠爱，此刻，
我们只能服从于静默，并且带着执拗。

我们之间隔了两三个省份，
你经历了火焰，我学会了压缩愤怒。

我日益冷漠，而你依然那么谦逊。
我可以看见你同情的天赋。

人生来是为了一次漫长的告别，
于是，我们工作，生活，等待。

只有卑微的人们接纳了我们的眼泪，
最大的勇气是，在别人的羡慕中承认失败。

或者从自己的梦境之中走出来，
和烈日中的黑暗相遇，和危险相遇。

选自《诗刊》上半月 2014 年第 5 期

父亲忙着拆除自己

张巧慧

给父亲送盒饭，看见他
正在砌墙、断砖、和水泥。他灰扑扑的

工地那头儿，拆除的房子裸露着大梁
推土机轰隆隆地，开过来
我听到什么轰然倒塌
父亲一边吞咽，一边含糊地说：
前天，推土机推倒了一个人，死了
居然没有多少血

几千年无非如此。毁损
更为容易，而废墟比庙宇多

大吊车垂下来，父亲站在一堆断砖前
仿佛正在拆除的废墟

选自《十月》2014 年第 3 期

无序排队

商震

我一直在计划着销毁自己

我这个钢铁水泥建造的人
不反映冷暖血液浑浊肌肉失去弹性的人
大脑被安装了程序控制的人
这样的人，一定得死

我没确定何时死怎样死
因为还有一点未遂的欲念

我这个没看过花开却吃了许多果子的人
这个吃不饱喝不醉说不出真话的人
这个有姓名却不知道列入哪个名册的人
这样的人，不能死

我能看到一朵花专为我开，就死
能吃饱喝醉说出心底话，就死
能被证明血肉里有骨头，就死

那些驱使着我和不喜欢我的家伙们

再等等，我不是一定要先看到你们死

选自《星星》2014 年第 6 期

乡村装殓师

津渡

一个平静地
躺在盒子底部的女人。
他在她的鞋底垫上了月饼
他在她的两腋放下了鸡蛋
他在她身上丢满了彩线。
现在，她不再像是
从屋顶、天花板上，从云端
掉下来的女人啦。
——她将蹬上轮滑
她将生出翅膀
度过了丰富多彩的一生
她即将进入天堂。
而一言不发的装殓师
走出厅堂，他向门前的吹鼓手借火
抽烟，他们为上次摸到的
一张好牌喋喋不休。

选自《凤凰》2014 年上半年刊

最后一次陪父亲还乡

韩文戈

最后一次陪父亲返乡，是在 2003 年冬天
十二月的北中国，一片荒凉

我坐在父亲的边上，父亲睡在
一个小小的木头房里

过桥时我念出桥的名字，进城时
我念出城的名字，渡河时我就念出

河的名字，穿风时我也念出风的名字
我要让父亲记住这些回家的路标

汽车急驰在返乡之路：我突然想起小时候
爸爸的马车颠簸在乡间路上

拉满垛得高高的玉米秸。我躺在晃动的
车上，仰脸数星星

霜雪已下过两场，地里秋粮渐少
月光照着父子回家的路，像小浪花的河

在流。村边的小学操场
即将放映露天电影。在夜色里

有时马车装满被雨洗净的高粱穗
有时，车上是一大包一大包的棉花

宛若一车酣睡的绵羊。北风吹光冀东山地
燕山准备过冬，失却了往日的喧闹

在那清贫的日子，劳动真的美丽
这不是牧歌，是记忆的珍宝

在深秋闪光。而如今
父亲偶尔也会走出他的安息地

"如果我活着，"他问我
"那匹红马和马车、那些乡邻、那些四季的雨水

可还好?"最后一次陪父亲返乡
是在多年前的冬天，天气晴朗

但十二月的北中国
一片彻骨的荒凉

选自《凤凰》2014 年上半年刊

牵一匹马回家

南鸥

在草原没有看到一匹马
但我知道所有的风都是马的气息
所有的云团，都是它的翅膀
整个草原都是它的肺

刚刚踏进草原
我就想象它款款向我走来
摇着尾巴，打着响鼻
端着马奶

它是草原的主人
我仿佛被选择，仿佛要在草原
安顿我的一生，就像在
诗歌定居下来

我把它牵到城市，它仿佛
被选择。但我听到时间断裂的声音
从它背上掉落，就像那些
很古老的碎片

选自《桃花源诗季》2014 年夏季号

雪地里的捕捉

杜绿绿

他要捉一只雪地里的孔雀。
它要冻死了。太冷了，他走在大街上
手里握着旅行袋。

孔雀还在昨天的地方，一夜过去
它只挪动了两米
奄奄一息，他肯定。

他蹲下来抚摸孔雀
快掉光的翎毛。
这只蹊跷的鸟儿从哪里来
他有过六个想法。

每一个都被他扔掉。
"最有可能我不在这儿"，
他想起自己难以描述的遭遇，
孔雀低低叫着。

他们共同跪在雪地里，
人们跨过他们的身体。
孔雀正变得透明，他的手也是。

他接近它的地方逐渐看不见了。

他抱住了孔雀。

选自《延河》2014 年第 7 期

在伤口上建立一个故乡

杨方

某天你会来到这里，沿着头脑里的条条大道

走到一处荒废的地方，盘腿坐下

如你见过的交河故城，死去多年的炊烟

正从落日的圆孔钻出

干旱地带的无花果树林

自牛奶和月光的白色香味中吸取营养

你坐在那里，不抽烟，不喝酒，只想一些事情

风自广阔的亚细亚吹来，弄乱你的头发

你脑子里另外一些美好的想法，也忽然乱起来

比如，给大地的伤口涂上晚霞的红药水

然后在伤口上建立一个故乡

有河流，马匹，麦田，伊斯兰风格的房子廊檐曲折

钟声从即将枯萎的树木上垂落下来

你坐在花园广场上，犹如坐在熟睡的花园

你一定想过，一个人，能像花园一样睡死过去吗？

能像蓝色一样睡死过去吗？

能像故乡一样睡死过去吗？

哦，都有可能，真的

请认真记下我家的街道，门牌，戴披肩的胖邻居

以及从没有见过的，陌生的一切

你可以成为青年，森林，一首木卡姆歌曲

真的在某天来到这里

在一处荒废的地方，盘腿坐下

像一张治愈疼痛的黑色狗皮膏药贴在那里

而我的故乡，如你所见

伊犁河从不睡眠，日夜逃离它的两岸

夕光在河面上铺开，像一把闪闪的大镰刀

选自《诗刊》上半月 2014 年第 7 期

路过之诗

老四

我的一生在这里路过

路过母亲的子宫和乳房

路过童年和手推车

路过少年和青春痘

路过恋爱和小旅馆之夜

路过婚姻

路过一辆开往双子座的公交车

路过我的皮肤内侧，靠近心脏的

那条铁路线

我拥有健康、自由和随时准备好的
绝望的勇气。我带着爱情的爱
嫉妒的妒，春天的春
来到护城河与大明湖之间
青后小区 5 号楼 602 室
来到最干净的床单上
一天就这样过去
一天还未开始。在我的书架上
有一本教授如何死亡的书
千万不要，我是说在路过自己的心脏之前
不要说到死亡，这么纯洁的姑娘

选自《人民文学》2014 年第 7 期

乳晕

武强华

在美国，艺术正在设法弥补生活的缺陷
纹身师正在给乳腺癌康复者画上乳晕
疤痕被掩饰起来。"看起来就像是真的"
她们自己，也相信了
被割去的乳房又重新长出了嫩芽

据说问题的关键是"蒙哥马利腺"

乳晕上那些被忽略的小点被清晰地描绘出来

纹身师在疤痕的乳房上得意地炫耀自己的手艺

他们期待着，更多的乳房

为艺术献身

那些被修饰的腺体

能不能发出迷人的香气

把孩子呼唤到母亲的身边

能不能给平坦的胸膛重新塑造一座山峰

把男人的手掌吸引过去

纹身师告诉她们"你要感到完整"

言下之意是

你只要想象，而不要去抚摸

我不会把这个消息告诉我的母亲

也不会在任何一个乳腺癌患者跟前提起

她们已经失去，却从未了解的"蒙哥马利腺"

香气消失了，但那里藏着一个伤口

我的母亲

在乡下种地，除草，洗衣做饭

她不可能坐上飞机到美国去为自己画上乳晕

选自《诗刊》下半月 2014 年第 7 期

里秧田村的鸟叫

马叙

清晨，我在齐溪镇里秧田村
听到一声鸟叫
假如这一声叫的是时光
那么此后的再一声鸟叫和无数声的鸟叫
把一个人从少年叫到老年？
抑或把一个人从老年叫回到少年？

公路边一座废弃的小学校
它又曾经盛满了多少童稚的声音
回答曾经的每一声鸟鸣？
它面前的流水，是如此地清澈，持续奔流
曾经的少年长大，四散，分布各地
如今他们是否也常常回想当年身边的曾经的鸟鸣？

这个清晨的鸟，东边一只
西边两三只，它们交替着叫
有时叫得疏朗，有时较为频繁
我相信还有几个永远的少年
他们生活在钱江源的密林深处
喝清泉水，读着一本秘密的书

里秧田村，还有更多的鸟

在西边的山，南边的山，北边的山

这么多鸟叫出了每座山上的不同时光

其中必有一处属于我的秘密时光

里秧田村，一只鸟就是一座微型的时光银矿

选自《诗刊》上半月 2014 年第 8 期

爷爷

余数

自从"文革"以后

爷爷就不再开口说话

只有在牙医的面前

他才肯张开嘴

几千度的高温

能考验一切虚假

在骨灰里唯一坚硬的

是你曾经紧咬的牙

选自《天津诗人》2014 冬之卷

安魂曲

彭敏

太阳落下，尘土涌起。一些身体里的光辉
暗淡下去。我听见葬礼上传来恰到好处的啼哭
那些只在夜晚发光的事物，此刻还在缓慢的黑暗中
漫无休止地飞动。树木已经裸露出残损的骨架
所有在夜色中来回走动的乌鸦，日出之前
已经化作漫天的尘沙，栖向万众的屋顶
我能记得的梦境和一首诗的开头，大体上就是如此

如此以往，树根冰凉，落叶汩没两岸
所有映照过天空的河流，已难再称作
我自己的河流。河流上空，云朵晦暗
广漠生长不出更多的绿洲。我化身千万
找不到可供停驻的肉体。河流分叉后
朝来路拐了个弯，为了靠近，我假装逃离
当我的父兄都把我认作一个陌路人
我就摇身　变，做回部分的自己

在这世上，我丢失了某物，但不知谁将获得
我追寻着什么，而命运的恩典总是适可而止
出发的时候，我比旁人有更多的奢求
可我的骆驼钻着针眼，别人的骆驼

养在动物园。通行之后，我的首尾都变成

沾湿的线头，鬼神模样，运行在黑暗的水面

一个瞎子掉进了深渊，另一个就返回故乡，安度晚年

埋葬过死者的村庄是一座洁净的村庄

所有深夜中不眠的灯盏，都已被暴风

剔除干净。死亡像一位一丝不苟的私塾教师

而在我们拘谨的队列里，谁又将下一个回应他那

威严的召唤？从北海到南海，从东城到西城

我结识过某些道路上相互枕藉的白骨，只要在

无风之夜找到可供替代的魂灵，他们就会在

月光中深深战栗，重新长出丰满的肉身

是时候停止唏嘘，舒开褶皱的前额。劫后的村庄

已经足够旺盛。连朽木也长出了一身的苔绿

连墓园也敞开了颓废的风景。囤积先人的告诫

瓦罐的残片向着土质的黑夜频频闪光。藏匿

失足的行旅，陷落的河床自有其沸腾的汁液

无数个夜晚过去，山里山外盛极一时的紫昙花

悄悄退回某个宁静的角落，从屋顶的星辰获得给养

又被大地之下某个古老逝者的呼吸吹奏得愈加浓烈

不必问是谁在夜半歌声中步出庭院，翩然起舞

也不必探询，猫头鹰飞舞过的荒郊和集市

迎来了怎样的风雨，怎样的黎明。在每一个

朝无边大地洇开的夜晚，都有一辆蓝色列车

穿过茫茫空山，从起点奔向终点。这短暂的河流

如同收拢的星空，闪着动荡的光芒，喊醒沿岸的黑窗户

铁轨多么幸福，等待后迎来了如约的翻覆

而我体内的蓝色血管，它们少有汛期，也不得不

容忍那枯燥的循环和窒闷的包裹。除非利物

侵犯骨肉，直至干枯断流，它们陶醉于自身的腥膻

不会闻见阳光的芬芳和空气的暖味。而每当月明如昼

逝去者结队趟过寒流，它们就如冬眠的游鱼

从深处跃起，敲打我的肌肤如敲打一面破鼓

在我身上留下突兀的高原和连绵的山丘

选自《光线诗刊》2014 年第 1 卷

锣声一响

孟醒石

我这辈子见到的第一种行为艺术是耍猴

走江湖的汉子甩响鞭子

猴子们沿着场地转圈鞠躬

讨好每一位围观的群众。为了逗大家高兴

还倒立起来，纷纷将私处展示给人看

猴屁股，像红领巾一样红

我这辈子听到的最恐怖的故事也是耍猴

老校长抠着脚丫子，恶狠狠地说

"那些猴子都是小孩子装扮的！

耍猴的汉子专门抓不听话的小孩

给你们吃药，让你们变成哑巴

在你们脸上粘上猴毛，身上披上猴皮

锣声一响，集体表演倒立

不听话了，就拿鞭子狠狠抽你们！"

听了这个故事，我经常做噩梦

梦到父母站在人群中，大声地笑

向铜锣里抛硬币，发出阵阵轰鸣

根本不知道，那些猴子其实是他们的孩子

而我眼泪汪汪，哑着嗓子，喊不出声

选自《群岛》2014 年第 2 期

2015年

离家最近的火车站

王夫刚

带着自己改制的发令枪，老朱和妻子

连夜开始了逃亡的人生——

不能坐车，不能走大路，不能近家乡。

留在身后的是，被一枪击穿的

信用社主任，他的上司。

警车包围的案发现场。

版本不一但持续发酵的市井新闻。

以及年迈的父母，托付给亲戚的幼小孩子。

逃亡，是一种看上去很美的旅程

老朱弃了发令枪，只带着

妻子——这个被他的上司

侮辱过的女人，支撑着他走了很久

走了很远，他乡渐成故乡。

在被夸大的绝望中，老朱越来越

讨厌天空；在绝处逢生的

希冀中，老朱不写信，不上网

不用电话，他跟妻子约定

如果走失了，离家最近的那个火车站

将是他们寻找对方的唯一地点。

不幸的是，15 年后

他们真的走失了：修鞋匠老朱

通缉犯老朱，在警察面前撒腿就跑

而且，跑得无影无踪。

他的妻子，后来就到

离家最近的火车站——几年前刚通铁路的

地方，摆了一个披星戴月的小摊

生活的传奇在于，她等到了

老朱出现，当然——警察们也等到了。

选自《星星》2015 年第 1 期

有些时刻我仍然流泪不已

周公度

虽然我年近中年

但有些时刻

我依然流泪不已。

空置的房屋，只行的草虫，

遗弃的微物，古代的石雕。

它们都让我屏息

悲从中来

每一次都是如此

天上的游云，夜晚的芒星，

角落的蔷薇，梦境中的你。

片刻的闪现刻入我心
纵使中年迫近
我依然不能无动于衷。

选自《延河》2015 年第 2 期

对话
毛子

父亲去世前，一直抽"三游洞"香烟
这种牌子的烟草，像他的生命
已经绝迹

昨天搭顺风车，和卡车司机闲聊
我们惊喜地提到这种廉价的、经济的香烟
就像两个陌生人，找到他们
共同熟悉的朋友

褐色的、细杆的、雪茄一样的"三游洞"香烟
我至今记得它清甜的烟丝
当我第一次从父亲的口袋偷出一支
叼在嘴上，我想我像个男人

我早已是和父亲一样的男人了

如今，我抽 13 元的"利群"和 10 元的"双喜"

偶尔，我会给父亲递上一支

在清明或除夕，在他的墓碑前

——两个男人之间

唯一的对话方式

选自《诗刊》下半月 2015 年第 2 期

纪念日

唐小米

好几次，在唐山抗震纪念碑前

我用脸贴着大理石上冰凉的名字

死去的人是焐不热的人。

也有几次，我远远地看着

冰凉的大理石

仿佛，他们把门关得紧紧的

死去的人

是谢绝打扰的人。

还有一次，隔着大理石我听到

地下集市吵吵嚷嚷

有一家终于把门打开

贴出一张寻人启事。

那时，风吹着树梢

一个淘气的孩子坐在纪念碑顶上

我隔着空气仰头看见他

看着这片被风吹到外地的小树叶

我只见过他一次

只有一次

我的悲伤像纪念碑的悲伤

像纪念碑周围的

梧桐树的悲伤。

选自《诗潮》2015 年第 3 期

遗传

轩辕轼轲

父亲一生经常半途而废

童年时他随大人闯关东

没闯出名堂，却闯进了戏班子

青年时他迷上了画画

至今墙上还有他的自画像

后来却为了生计，学起了木匠

为别人做过桌椅板凳

为我和弟弟做过一只浴盆

最终也没成为鲁班，中年后

他再也不去尝试新的行当

他唯一没有半途而废的就是

演戏和婚姻，一辈子演包拯

铡过无数次陈世美

到陈州放过无数次粮

在电视上一看到贪官就嘟囔几句

一看到灾害就唏嘘几句

母亲坐在身旁，嫌他多管闲事

劝他少喝点酒，他总是笑笑

像所有平庸到幸福的丈夫

我这半生经常半途而废

画过七年画，后来扔了画笔

写过诗，后来七年没一句诗

像江淹，被生活的洪流淹没

差点成了泡肿的浮尸

我把头上的草标拔下，当成了

救命稻草，我把备用的胎盘摘下

当成了逃生的孤岛

我浑身涂满了淤泥和油彩

演过走麦城，演过失街亭

总是唱到一半，就荒腔走板

总是卸妆之前，观众就一哄而散

我的脸渐渐呆滞，我的表情渐渐平庸

不可逆转地滑进了父亲的血脉

只有心脏不甘半途而废，它满脸通红

兀立在胸中阻击着动脉里的士兵

阻击着轮回的宿命，在死之前

再做一次视死如归的抗争

选自《人民文学》2015 年第 3 期

刀锋

臧海英

那些年，你一直活着。
那些年，我一直活在你体内。

头晕，贫血，虚脱——让你筋疲力尽。
弃学，出走，离家——让你难过。

被你孕育着，我怀疑你。
被你抚摸着，我厌恶你。
被你紧抱着，我离开你。

那些年，我一直在你体内
一直站在父亲的一边，反对你。

现在，我的孩子也在反对我
我感受到了，你在我身上感受到的刀锋。

选自《诗刊》下半月 2015 年第 3 期

霾：PM2.5 之诗

哨兵

没谁知道霾为什么落在洪湖。但有人找到
新词 PM2.5，替换了空气。在洪湖
汉语已无力表达这些：虚无和
活命的东西。多年前
我只是十来岁的少年郎，在湖北
眺望南岸，就可以望见岳阳楼
矮似村庙，汨罗江细如小溪
多年来我一直与古楚和唐宋为邻
住在世界的外面，见山不是山
看水不是水。活到现在
这把年纪，我怎么可能操心
新词 PM2.5 呢。而霾
却落在洪湖，就算我坐在岸边
像个少年，想把爱过的山水
再爱一次。但我已看不见我爱的世界
在哪里。在洪湖，我 直在替古人
担忧空气

选自《文学港》2015 年第 8 期

怀杜甫

师力斌

城市里涌起万丈高楼
那累月的雾霾何尝不是无处发泄的愁

长风一来，脸上开花当然是好事
可是心中的万吨石头怎么化开

怎么在广告上反映穷人的心事
怎么能把洪水般的金钱从悬崖上拽回来

不是一个旅行拍照随便赞美花花世界的人
他喜欢边走边想，心事重重

像连绵的山峦把天空遮住
将一条心潮汹涌的江河酿成

那扔掉的快餐盒，闲置的别墅
银行里流动着千年的积蓄

城市里涌起万丈高楼
那拆迁的平房又何尝不是江山的愁

选自《四川文学》2015 年第 8 期

十九个民工

侯马

十九个民工扛着铁锹

不，是五个民工扛着铁锹

不，五个民工可能也没扛着铁锹

不确定拿什么工具在桥上干活

两个打瞌睡的民工开着拉渣土的卡车

卡车一下把五个民工撞下桥

又撞在栏杆上

两个打瞌睡的民工连同一车渣土

倾泻而下把五个民工埋里了

救援人员迅速赶到

决定把人尽快挖出

他们找来了十二个民工

十二个民工扛着铁锹赶来了

奋力铲挖

很快挖到了没有呼吸的七个民工

选自《读诗》2015 年第 3 期

村庄记

离离

一切都还不算太晚，记忆中的炊烟
还在李三叔家升起来
树木依旧葱绿，村子被围起来
这么美的人间，我叫她六一村

村里的那对孤寡老人，都已去世
那年腊月我去看他们，冷冷凄凄的老屋
墙上全是被炉烟熏黑的痕迹
被子上有灰白的棉花翻出来
我坐在炕头给她剥橘子
给她一瓣一瓣喂进嘴里
她的老伴给炉子里加煤球
有灰尘飞起来，落在我们身上
那些尘埃，后来落在我心里
这些年一直都在

村里的狗，在消失了几年之后
重新又多了起来
上次在村西，我就看见一只大点的
带领几只小的
从村西到村东

再从村东到村西，来回地走

但我依然害怕它们在夜晚突然撕开了嗓子叫

据说那样会把一个亲人从人间叫走

黄昏是村里最美的时候

有人从田里归来，有人唱起山歌

和年轻的媳妇打情骂俏

牛羊也是，顺着回家的路慢悠悠地走

总会不时地叫上几声

暮色落下来

一条条路渐渐发白，像延伸的带子

每户人家的灯火逐渐亮起来

他们都会在亮着的光里做些什么呢

选自《诗探索》作品卷 2015 年第 3 辑

黑白石子

胡弦

从前，西藏有个强盗

叫潘公杰，杀人越货多年后，

幡然醒悟，剃度礼佛。

他修行的法子是：

心有一善念，面前放一白石子，

心起一恶念，面前放一黑石子，

待石子尽白，他已被叫作

高僧潘公杰。

公元 2015 年，我来西藏，

见冰川、戈壁、河畔多石子，

大者如斗，小者如指，为风

和流水雕琢。

于是想起潘公杰，于是想起

以流水之慢，祛恶如剥皮，

以风沙之快，持善如诛心。

一双杀戮的手到最后

接受的竟是石子的教育。

而黑与白，每次微小的移动，

宗教与人心中

都有雪崩生，有高原起伏。

指尖冷，天堂远，地狱

始终不远不近跟着。

选自《文学港》2015 年第 9 期

第一祈祷词

唐不遇

世界上有无数的祷词，都不如

我四岁女儿的祷词，

那么无私，善良，

她跪下，对那在烟雾缭绕中

微闭着双眼的观世音说：

菩萨，祝你身体健康。

选自《洛阳诗人》2015 秋之卷

每个人都不是一个人

余幼幼

我起了杀人之心

这会犯法吗

那个我想杀的人

该有多么可怜

她就坐在那儿

埋着头

头发挡住了眼睛

感觉不到一丝杀气

她呼吸我呼吸的空气

吃我吃的食物

看我看的书

听我听的音乐

经历我经历的徒然

她肯定也想自绝于一切

只是想到之后

房租没人交

话费没人交

毕业证没人领

父母没人照顾

我就把手

从她的脖子上拿下

放到了窗外

选自《读诗》2015 年第 4 期

穿墙术

张二棍

你有没有见过一个孩子

摁着自己的头，往墙上磕

我见过。在县医院

咚，咚，咚

他母亲说，让他磕吧

似乎墙疼了

他就不疼了

似乎疼痛，可以穿墙而过

我不知道他脑袋里装着

什么病。也不知道一面墙

吸纳了多少苦痛

才变得如此苍白

选自《诗刊》上半月 2015 年第 12 期

本卷作者简介

白连春（1965—   ），四川泸州人。曾任《北京文学》编辑、北京作家协会签约作家。后因病返乡，在泸州市江阳区文化馆工作。出版诗集《一颗汉字的泪水》《在一棵草的根下》《被爱者》等。

长征（1965—   ），山东博兴人。毕业于山东师范大学中文系，后长期在滨州市公安局交警支队工作。1985 年开始文学创作，出版诗集《茁壮成长》《长征的诗》《习经笔记》等，曾获上海文学奖、极光诗歌奖、泰山文艺奖（文学创作奖）等。

郑敏（1920—   ），福建闽侯人。1943 年毕业于西南联大哲学系，1952 年在美国布朗大学研究院获英国文学硕士学位，曾在中国社会科学院文学研究所工作，1960 年后在北京师范大学外语系讲授英美文学至今。出版的诗集有《诗集 1942—1947》《寻觅集》《心象》《早晨，我在雨里采花》和《郑敏诗选 1979—1999》，另有诗学专著《诗与哲学是近邻》等。

骆英（1956—   ），本名黄怒波，生于甘肃兰州，自幼在宁夏长大。毕业于北京大学中文系，1976 年开始诗歌写作。北京中坤投资集团董事长、北京大学中国诗歌研究院副院长、中国诗歌学会会长。出版诗集《不要再爱我》《拒绝忧郁》《落英集》《都市流浪集》《空杯与空桌》《小兔子》《7＋2 登山日记》《第九夜》等，作品被译为英、法、德、日、韩等语种。

梦亦非（1975—　），布依族，贵州独山人，现居广州。创办与主编民刊《零点》、"地域写作"倡导者、"东山雅集"召集人、"碧城"品牌总监。出版评论集《苍凉归途》、小说《碧城书》、学术随笔《草木江湖》、诗集《苍凉归途》《儿女英雄传》等。

森子（1962—　），哈尔滨呼兰人。毕业于河南周口师范学院美术系，2010 年主编出版《阵地诗丛》10 种。出版诗集《采花盗》《闪电须知》《平顶山》《面对群山而朗诵》《森子诗选》、散文集《若即若离》《戴面具的杯子》等。曾获刘丽安诗歌奖、诗东西 PEW2013 年度诗歌奖。

于坚（1954—　），云南昆明人，"他们"诗派代表人物之一。1983 年与同学发起银杏文学社，并出版《银杏》。1985 年与韩东、丁当等人合办文学刊物《他们》，1986 年发表成名作《尚义街六号》。著有诗集《诗六十首》《宝地》《对一只乌鸦的命名》《棕皮手记》《云南这边》《于坚的诗》等，其中 1994 年的长诗《0 档案》被誉为"当代汉语诗歌的一座里程碑"。出版有散文集《棕皮手记》《人间笔记》《棕皮手记·活页夹》《丽江后面》《老昆明》等。

沈浩波（1976—　），江苏泰兴人。为世纪初席卷诗坛的"下半身诗歌运动"的重要发起者。出版有诗集《心藏大恶》《文楼村记事》《蝴蝶》《命令我沉默》。曾获第十一届华语文学传媒大奖、人民文学诗歌奖、十月诗歌奖、中国首届桂冠诗集奖、首届新世纪诗典金诗奖、第三届长安诗歌节·现代诗成就大奖等。同时，作为北京磨铁图书有限公司创始人，是国内最著名的出版人之一。

刘春（1974—　），曾用笔名西岩，广西荔浦人。著名诗人、评论家、"70 后"代表性诗人。1990 年起在《人民文学》《诗刊》

《天涯》《星星》等刊物发表大量诗歌和随笔作品，2000年独立创办"扬子鳄诗歌论坛"。著有诗集《忧伤的月亮》《运草车穿过城市》《广西当代作家丛书？刘春卷》《幸福像花儿开放》和诗学专著《朦胧诗以后》《一个人的诗歌史》等。

洛夫（1928—2018），本名莫洛夫，生于湖南衡阳。1949年迁台，服役于台湾"海军"。1954年与友人成立"创世纪"诗社，任总编辑多年。1973年从淡江文理学院外文系毕业。1996年移民加拿大。作品多次获奖。出版诗集《时间之伤》《灵河》《石室之死亡》《魔歌》《众荷喧哗》《因为风的缘故》《月光房子》《雪落无声》《漂木》《烟之外》《洛夫诗歌全集》等多部，另出版散文集、评论集及译著多部。

黄礼孩（1970—　），广东徐闻人。《诗歌与人》主编、广东省作家协会诗歌创作委员会主任、广州市作家协会副主席、《中西诗歌》杂志主编、广州城市形象国际传播大使。此外，还担任广东外语外贸大学创意写作专业导师。出版诗集《我对命运所知甚少》《一个人的好天气》等多部。诗歌作品被译成多种外文介绍到国外。曾获2014年凤凰卫视美动华人·年度艺术家奖、广东鲁迅文学艺术奖、刘禹锡诗歌奖、中国赤子诗人奖等重要诗歌奖项。

江非（1974—　），本名王学涛，山东临沂人。中国作协会员、中国诗歌学会理事、"70后"代表诗人之一。著有诗集《白云铭》《傍晚的三种事物》《独角戏》《纪念册》《　只蚂蚁上路了》等。曾获华文青年诗人奖、屈原诗歌奖、徐志摩诗歌奖、海子诗歌奖、诗刊年度青年诗人奖、两岸桂冠诗人奖、北京文学奖、海南文学双年奖等重要诗歌奖项。

严冬（1977—　），本名严纪照，生于山东莒县。画家、艺术策展人。民刊《极光》主持人，出版诗集《在时间的高速路上慢下来》。

王家新（1957— ），生于湖北丹江口。1978 年考入武汉大学中文系，大学期间开始发表诗作。1983 年参加诗刊社组织的青春诗会。1984 年因写出组诗《中国画》《长江组诗》而广受关注。1985 年出版诗集《告别》《纪念》。1986 年始诗风有所转变。中国 20 世纪 90 年代以来知识分子写作的代表性诗人。代表作有《触摸》《风景》《预感》等。

阿翔（1970— ），安徽当涂人，现居深圳。1986 年开始写作，参与编辑民间诗刊《诗篇》。著有《木火车》《少年诗》《一首诗的战栗》《一切流逝完好如初》等诗集。曾获《草原》2007 年度文学奖、第六届深圳青年文学奖、2014 年首届广东诗歌奖等。

唐果（1970— ），四川达州人，1987 年随父母迁居云南省德宏州，现为某国企职员。2000 年开始诗歌写作，2001 年起在《诗刊》《诗选刊》等报刊杂志发表作品。著有个人诗集《唐果在传说》《用最少的翅膀飞》《给你》、诗合集《我的三姐妹》等，曾获女子诗报·2006 年诗歌年度奖。

胡续冬（1974— ），出生于重庆，后迁居湖北十堰。1991 年考入北京大学中文系，获博士学位后留校任教，现为北京大学巴西文化中心副主任。参与创办民刊《偏移》，获刘丽安诗歌奖、柔刚诗歌奖、明天·额尔古纳诗歌双年奖等奖项。著有《水边书》《旅行/诗》《片片诗》《白猫脱脱迷失》等诗集，并有译诗集、随笔集若干。

郭晓琦（1973— ），甘肃镇原人。参加鲁迅文学院第十五届中青年作家高级研讨班、诗刊社第二十四届"青春诗会"。诗集《穿过黑夜的马灯》入选"21 世纪文学之星丛书"。曾获华文青年诗人奖、敦煌文艺奖、黄河文学奖等奖项。

郑小琼（1980—　），四川南充人。2001 年南下广东打工，有作品散见于《人民文学》《诗刊》《独立》《活塞》等，出版诗集《女工记》《郑小琼诗选》《纯种植物》《人行天桥》和散文集《夜晚的深度》等。作品曾获庄重文文学奖、人民文学奖等，入选广东省宣传文化人才专项资金等。有作品被译成德、英、法、日、韩、西班牙、土耳其等语种。

李以亮（1966—　），湖北应城人，现居武汉。诗人，翻译家。出版诗集《逆行》，译诗集《波兰现代诗选》《无止境：扎加耶夫斯基诗选》《希克梅特诗选》等。

张曙光（1956—　），生于黑龙江省望奎县。毕业于黑龙江大学。任黑龙江大学文学院教授。1980 年开始发表诗歌、小说及随笔。诗歌作品见于《人民文学》《诗刊》《上海文学》《北京文学》等及海外中文杂志《今天》《倾向》等，并被译成英、西、德、日、荷兰等多种语言。著有诗集《小丑的花格外衣》《午后的降雪》《张曙光诗歌》《闹鬼的房子》，译诗集《神曲》《切·米沃什诗选》，随笔评论集《上帝送他一座图书馆》。

田原（1965—　），河南漯河人。旅日诗人、翻译家。1990 年代初赴日留学，日本文学博士，现任教于城西国际大学人文学部。出版《岸的诞生》《石头的记忆》《田原诗选》《梦蛇》等诗集、《谷川俊太郎诗选》《异邦人——辻井乔诗选》等译诗集。应邀参加东京国际诗歌节、哥本哈根安徒生国际诗歌节、香港国际诗歌节、冰岛诗歌节、首尔国际写作周等。

牛庆国（1962—　），甘肃会宁人。1988 年开始发表作品，现供职于甘肃日报社。出版诗集《热爱的方式》《字纸》《我把你的名字写在诗里》等，曾获敦煌文艺奖、黄河文学奖、华文青年诗人奖等。

汤养宗（1959— ），福建霞浦人，中国作家协会会员。曾于东海舰队服役，从事过剧团编剧、电视台记者等职业。写有长诗《一场对称的雪》《危险的家》《九绝或者哀歌》《寄往天堂的11封家书》《举人》等。出版诗集《水上吉普赛》《黑得无比的白》《尤物》《寄往天堂的11封家书》《去人间》等数种。

寒烟（1969— ），山东邹平人。20世纪80年代末开始习诗。曾在《诗刊》《星星》《上海文学》《世界文学》《当代世界文学》等知名刊物上发表诗歌及随笔，多次入选国内各种诗歌选本。著有诗集《截面与回声》《月亮向西》等。曾获首届海子诗歌奖、第二届齐鲁文学奖、第二届宇龙诗歌奖、首届扬子江诗学奖、《诗选刊》年度最佳诗歌奖等多种诗歌奖项。

叶延滨（1948— ），黑龙江哈尔滨人，曾任《诗刊》主编，中国作家协会全国委员会委员。其作品曾获中国作家协会优秀中青年诗人诗歌奖、第三届中国新诗集奖、四川文学奖等四十余种奖项。其诗集《年轮诗章》再现了改革开放以来中国人的精神世界，勾勒出其创作的脉络。代表作品有诗集《不悔》《现代九歌》《秋天的伤感》。

东岳（1971— ），本名杨安坤，山东无棣人，法官。1992年开始写诗，著有诗集《烟疤》《你有权保持沉默》《60首诗》《现场》等。

严力（1954— ），祖籍浙江宁海，生于北京。旅美画家、纽约一行诗社社长、"今天派"主要成员、"朦胧诗"的中坚力量。1973年开始诗歌创作。1979年成为民间艺术团体"星星画会"的成员，参加两届"星星画展"的展出。1985年夏留学美国纽约。1987年在纽约创办"一行"诗歌艺术团体，并出版诗刊《一行》。代表作品有《与纽约共枕》《黄昏制造者》《历史的扑克牌》等。

出版诗集《酒故事》《严力诗选》《黄昏制造者》等。

格式（1965— ），本名王太勇，山东阳谷人。1986 年开始写作，著有诗集《不虚此行》《盲人摸象》《本地口音》。曾获柔刚诗歌奖、泰山文艺奖（文学创作奖）等。

小引（1969— ），原名王朝晖，祖籍安徽，现居武汉。毕业于武汉水利电力大学。中学期间开始诗歌创作，著有诗集《我们都是木头人》。获榕树下 2000 年全国网络文学大奖赛诗歌组第一。创办或者诗歌网。有作品散见于《星星》《诗歌月刊》《四川文学》《诗选刊》《诗前沿》《诗潮》《诗江湖》《扬子鳄》《破碎》《外省》《回归》等各类刊物。

江一郎（1962—2018），浙江台州人。生前系中国作家协会会员、浙江省作家协会诗歌创作委员会副主任。1980 年开始写诗，次年公开发表诗作，先后在《诗刊》《人民日报》《人民文学》等国内外报刊发表大量诗歌。著有诗集《风中的灯笼》《白银书》等。曾获首届华文青年诗人奖、人民文学杂志社诗赛一等奖、浙江省优秀文学作品奖等。

食指（1948— ），本名郭路生，生于山东朝城。1953 年随父迁居北京，1968 年到山西插队，1971 年入伍。1973 年复员，后长期为疾患困扰，1990 年入北京第三福利院。其"文革"期间的作品在"知青"群体中有广泛影响。1978 年起用笔名"食指"。出版诗集《相信未来》《诗探索金库·食指卷》《食指的诗》等。

白庆国（1964— ），河北新乐人。务农，务工，业余写作。诗集《微甜》入选"中国好诗"第三季，数次获河北文艺振兴奖。

白玛（1972— ），本名刘磊，生于山东临沂，现居江苏连云港。1988 年开始发表诗歌，作品见于《诗刊》《人民文学》《解放军文艺》《扬子江》等期刊。曾获得中国诗歌探索奖。

池凌云（1966—　），浙江瑞安人。1985 年开始诗歌创作，1994 年参加《诗刊》社青春诗会。当过教师、记者、编辑，著有诗集《飞奔的雪花》《一个人的对话》《池凌云诗选》《潜行之光》等，曾获十月诗歌奖、东荡子诗歌奖等。

谷禾（1967—　），本名周连国，河南周口人。曾为教师，现供职于《十月》杂志社。著有诗集《飘雪的阳光》《大海不这么想》《鲜花宁静》《坐一辆拖拉机去耶路撒冷》《北运河书》等，曾获华文青年诗人奖、《诗选刊》年度诗人奖、扬子江诗学奖、刘章诗歌奖等。

李元胜（1963—　），四川武胜人。诗人、作家、生态摄影师。毕业于重庆大学，现为中国作家协会会员、重庆日报社文化新闻部主任、重庆市作家协会第二届副主席。著有诗集《另一个有相同伤口的我》《重庆生活》《无限事》等，还随笔集《都市脸谱》和摄影集《中国昆虫生态大图鉴》等。曾获第六届鲁迅文学奖诗歌奖、十月文学奖等。

梁平（1955—　），生于重庆。先后毕业于重庆师专中文系、西南政法大学法律系民商法研究生班。现为中国作协全委会委员、中国作协诗歌委员会委员，四川省作家协会副主席，国家一级作家，享受国务院政府特殊津贴专家。曾任《星星》诗刊主编，现任《草堂》主编。出版有诗集《拒绝温柔》《梁平诗选》《重庆书》《琥珀色的波兰》《三十年河东》《家谱》《汶川故事》《时间笔记》等，长篇小说《朝天门》等。

耿占春（1957—　），生于河南柘城。1980 年代以来主要从事诗学、叙事学研究、文学批评与文化批评。著有《隐喻》《观察者的幻象》《话语和回忆之乡》《叙事美学》等，出版诗集《我发现自己竟这样脆弱》。海南大学人文传播学院教授、河南大学特聘教授、北京大学新诗研究所研究员。曾获华语文学传媒大奖评论家奖、陈子昂诗歌奖年度理论家奖、东荡子诗歌奖评论奖等，诗歌曾获十月诗歌奖。

晓音（1960— ），本名肖晓英，四川西昌人。任教于茂名学院中文系，主编大型女性诗歌刊物《女子诗报》《女子诗报年鉴》，出版诗集《方式》《巫女》等，另有长篇小说、学术专著等数种。

余笑忠（1965— ），湖北蕲春人，现居武汉，当代著名青年诗人、电台主持人。毕业于北京广播学院文艺编辑系。曾任职于湖北人民广播电台，从事文学编辑、主持。曾获第二届中国年度诗歌奖、第三届扬子江诗学奖、第十二届十月文学奖等。代表诗作有《十年》《俯首》《光明颂》等。

唐力（1970— ），生于重庆。现为重庆文学院专业作家，2005 年参加诗刊社青春诗会，曾获十月诗歌奖等奖项，出版诗集《大地之弦》《向后飞翔》等。

大解（1957— ），原名解文阁，河北青龙人。当代诗人、作家。毕业于清华大学水利工程系，1988 年调到河北省文联《诗神》月刊，任编辑、副主编。现主要从事诗歌创作，兼及小说、随笔、寓言等。出版著作有诗集《岁月》《个人史》《干草车》《山的外面是群山》，长诗《悲歌》，小说集《长歌》和寓言集《傻子寓言》等。作品曾获首届苏曼殊诗歌奖、首届中国屈原诗歌奖金奖、鲁迅文学奖等多种奖项。

潘维（1964— ），浙江湖州人，现居杭州。担任浙江省知识界联谊会常务理事、浙江省作家协会专家组成员、浙江省作协文学院特约研究员、中国作协会员、三月三诗会组委会成员。著有诗集《潘维诗选》《水的事情》《诗五十首》《隋朝石棺内的女孩》等，获柔刚诗歌奖、天问诗人奖、《诗刊》年度诗人奖、首届两岸桂冠诗人奖、闻一多诗歌奖等十余奖项。作品被译成多种语言。

谭延桐（1962— ），山东淄博人。毕业于山东大学中文系。先后做过教师及编辑等，1978 年开始发表作品，著有诗集《涸辙之芒》《空巷》《夏天的剖面图》等，另有散文集、诗论集、长篇小说等多部。

育邦（1976— ），本名杨波，江苏灌云人。当代诗人、作家，现为《雨花》文学杂志副主编。著有诗集《体内的战争》《忆故人》，并有小说集、文学随笔集数种，曾获扬子江诗学奖等奖项。

徐颖（1971— ），亦用名刘棉朵，山东青岛人。中学时代开始文学写作，2006 年以来开始发表作品，入选多种诗歌选本。著有诗集《面包课》。

安琪（1969— ），本名黄江嫔，福建漳州人。"中间代"诗歌概念提出者，被誉为"新世纪十佳青年女诗人"之一。1988 年毕业于漳州师范学院中文系，曾当过教师、文化馆员等。著有《像杜拉斯一样生活》《奔跑的栅栏》《任性》等诗集，与远村、黄礼孩合作主编《中间代诗全集》。曾获第四届柔刚诗歌奖。

道辉（1965— ），本名陈道辉，福建漳浦人。1992 年创立新死亡诗派，2010 年创办天读民居书院，主编大型诗丛《诗》。出版诗集《大呢喃颂》《语词性质论》《无简历篇》《亡杖》等。获《十月》文学新锐人物奖、《诗选刊》中国最佳诗歌编辑奖等。

税剑（1983— ），四川乐山人。现居杭州。诗歌民刊《活塞》成员，有诗集《与亡灵共舞》《断臂集》《伽马刀集》等。

宋晓贤（1966— ），湖北天门人，诗人。现居广州。1989 年毕业于北京师范大学中文系。1992 年开始诗歌写作，为《葵》诗刊成员。作品散见于《一行》《诗参考》《下半身》《诗文本》

《唐》《作品》《天涯》《星星》《散文》《山花》等刊物，作品入选《1999 中国诗歌年鉴》《1999 中国最佳诗歌》等。著有诗集《梦见歌声》《马兰开花二十一》等。

徐江（1967— ），天津人。1989 年毕业于北京师范大学，现居天津，从事专栏写作、媒体策划及编辑工作。著有诗集《徐江的诗》《杂事与花火》《我斜视》等，还有诗学专著、随笔集、小说等多种著作。有诗作被译为英、日、韩、西等语种。曾获新世纪诗典李白诗歌奖、中国当代十大杰出诗人、《诗参考》十年优秀作品奖、《葵》首届诗歌奖等。

马莉（1956— ），广东湛江人。毕业于中山大学中文系。当代诗人、画家、散文家，中国书画院艺术委员，中国作家协会会员。原《南方周末》高级编辑。1978 年开始发表诗歌作品。著有诗集《金色十四行》《白手帕》《杯子与手》。2003 年获中国作协主办的第二届中国女性文学奖，2007 年获首届中国新经典诗歌奖。

青蓖（1979— ），本名秦蓓蕾，湖南永州人。2000 年毕业于中南大学工业与民用建筑专业。2006 年末开始诗歌写作，入选多种选本。

李少君（1967— ），湖南湘乡人。一级作家，中国作家协会会员，海南省文联专职副主席，海南高校文学社团联盟总顾问，曾任《天涯》杂志主编，现任《诗刊》主编。出版有《南部观察》《岛》《蓝吧》《草根集》《诗歌读本：三十二首诗》《在自然的庙堂里》等诗集多部，主编《21 世纪诗歌精选》《十年诗选：2000—2010》等十多种选集，有作品被翻译成英、韩、瑞典等语种。

唐欣（1962— ），陕西人。现在北京石油化工学院任教。著有诗集《在雨中奔跑》《晚点的列车》《雨天和蛇》《母亲和雪》

等。编著《有个地方你从未去过－－－中外名诗 101 首选读》《秋日与迷途——现代文学读本》。另有著作《从文化到文本》《当代西部文化研究》《纸上的敦煌》《幻象与真实》《说话的诗歌》等。曾获磨铁读诗会 2016 年度中国十佳诗人奖、第二届韩国"亚洲诗人奖"、第七届 NPC 李白诗歌奖成就奖等。

朵渔（1973—　），原名高照亮，山东人。著名青年诗人、学者。1994 年毕业于北京师范大学中文系，现居天津。曾获华语文学传媒大奖年度诗人奖、柔刚诗歌奖、屈原诗歌奖、海子诗歌奖、天问诗人奖、单向街书店文学奖、《诗刊》《诗选刊》《星星》等刊物的年度诗人奖等。著有《史间道》《追蝴蝶》《最后的黑暗》《意义把我们弄烦了》《原乡的诗神》《生活在细节中》《我的呼愁》《我悲哀地望着我们这一代人》等诗集、评论集和文史随笔集多部。

林雪（1962—　），辽宁抚顺人，辽宁省作协副主席，第四届鲁迅文学奖获得者。1988 年参加第八届青春诗会。2006 年被评为新时期十佳青年女诗人。著有诗集《淡蓝色的星》《蓝色钟情》《在诗歌那边》《大地葵花》《林雪的诗》和随笔集《深水下的火焰》。诗作被选入《朦胧诗选》《20 世纪中国女性文学精粹》等。

广子（1970—　），本名郭广泉，内蒙古鄂尔多斯人。现居呼和浩特。创办诗歌民刊《坚持》，与友人合编《70 后诗全编》。出版诗集《往事书》《蒙地诗篇》等，获《草原》文学奖、2006 年度首届内蒙古杰出青年文化名人奖等。

李轻松（1964—　），辽宁凌海人，毕业于中央戏剧学院戏剧文学系。1981 年开始发表作品。2008 年加入中国作家协会。曾参加第十八届青春诗会，荣获第五届华文青年诗人奖、诗刊社年度优秀诗人奖、诗选刊年度最佳诗歌奖等。已出版诗集《垂落之姿》

《李轻松诗歌》《无限河山》等。

臧棣（1964—　），生于北京，毕业于北京大学。1987 年，与清平、徐永、麦芒刊印四人诗集合集《大雨》。1997 年获得北京大学文学博士学位。1999 年至 2000 年任美国加州大学戴维斯校区访问学者。现任教于北京大学中文系，任北京大学中国诗歌研究院研究员。出版诗集有《燕园纪事》《风吹草动》《新鲜的荆棘》《沸腾协会》《骑手和豆浆》《最简单的人类动作入门》等。

东荡子（1964—2013），原名吴波，湖南沅江人。中国作家协会会员，著有诗集《王冠》《阿斯加》《不爱之间》《九地集》《如此固执地爱着》等。

发星（1966—　），本名周发星，四川普格人。1998 年创办民刊《独立》至今，倡导"地域诗歌写作"。主要作品结集为《四川民间诗歌运动史》《彝族现代诗学论纲》《地域诗歌写作理论》等十余部。《独立》曾被评为中国十大民刊等。

邓朝晖（1972—　），湖南澧县人。参加诗刊社第二十三届青春诗会、鲁迅文学院第二十二届中青年作家高级研讨班。出版诗集《空杯子》《流水引》。曾获湖南省青年文学奖、红高粱诗歌奖、湖南年度诗歌奖等。

肖铁（1969—　），黑龙江泰来人，现居广东佛山。主编民刊《今朝》《思想者》。著有诗集《肖铁诗选》。

林之云（1964—　），本名赵林云，出生于河南卫辉。在媒体工作多年，历任编辑、记者、部门主任及《都市女报》总编辑等职，2013 年转入山东政法学院传媒学院工作。出版诗集《夜晚之心》《时间之心》等，曾获鲁藜诗歌奖、泰山文艺奖、泉城文艺奖、极光诗歌奖等多种奖项。

孔灏（1968—　），生于江苏连云港。1980 年代开始写诗并发表作品，参加诗刊社第二十二届青春诗会。诗集《漫游与吟唱》入选中国作家协会"21 世纪文学之星丛书"，曾获华文青年诗人奖、江苏省紫金山文学奖等奖项。

蓝蓝（1967— ），原名胡兰兰，生于山东烟台，后随父母到河南，在山东和河南的农村度过童年，1988 年大学毕业，1992 年参加《诗刊》第十届"青春诗会"，2003 年应邀参加法国巴黎国际诗歌节。著有诗集《含笑终生》《情歌》《内心生活》《睡梦睡梦》《诗篇》《蓝蓝诗选》《从这里，到这里》《唱吧，悲伤》，散文集《人间情书》《滴水的书卷》《飘散的书页》《夜有一张脸》，童话集《蓝蓝的童话》，长篇童话《梦想城》等。

阿斐（1980— ），原名李辉斐，江西都昌人。1999 年第一次发表诗歌，2000 年在《下半身》发表作品，为"下半身"诗群最年轻的成员，有"80 后诗歌第一人"之称。诗作散见于《中国新诗年鉴》等选本以及《作品》《诗刊》《诗选刊》《天涯》等刊物，诗歌代表作有《经过幼儿园》《以垃圾的名义》《众口铄金》等。曾执行主编《2004—2005 中国新诗年鉴》，于 2006 年举办首次个人专场朗诵会。

蓝冰丫头（1991— ），原名罗薇薇，福建人。自网络开始诗歌写作。获《诗选刊》2008 中国年度先锋诗歌奖。

曾德旷（1969— ），湖南宁乡人。流浪诗人，民谣卖唱者，辗转重庆、北京、丽江、拉萨等地。出版诗集《经过多年以后》。

徐慢（1968— ），生于江苏，现居上海。1980 年代开始写作。主编民刊《活塞》。出版诗集《徐慢诗选》等。

阿卓务林（1976— ），彝族，云南丽江人。参加诗刊社第二十三届"青春诗会"。出版诗集《耳朵里的天堂》《飞越群山的翅膀》。曾获云南省文学艺术创作奖、民族文学奖、边疆文学奖、

《云南日报》文学奖等。

徐乡愁（1964— ），四川涪陵人。主编诗歌民刊《垃圾派》。有诗论《垃圾派宣言》《垃圾派行为准则》《我们就是要低俗》，有诗集《徐乡愁的诗》《每况愈下》等。

王彦明（1981— ），生于天津武清。2002 年开始现代诗写作，曾就职于某杂志，现为教师。著有诗集《是什么让我无法安静》《我看见了火焰》《我并不热爱雪》，曾主编《天津青年诗选》。作品入选多种选本，曾获鲁藜诗歌奖、《芳草》诗歌新人奖等奖项。

史铁生（1951—2010），出生于北京，祖籍河北涿州。著名作家，主要从事小说、散文创作，亦写作诗歌。著有 12 卷本《史铁生全集》。

李见心（1968— ），笔名见心，辽宁抚顺人。现供职于锦州市文联。1987 年开始发表作品，参加诗刊社第二十一届青春诗会。著有诗集《初吻献给谁》《比火焰更高》《李见心诗歌》等，曾获辽宁省新锐文学奖、李叔同诗歌奖提名奖等。

南人（1972— ），原名于希，江苏泰州人。毕业于北京师范大学中文系。曾在《凤凰诗刊》发表作品，2000 年创办诗江湖网站。作品入选《中国先锋诗歌档案》《新世纪诗典》《当代诗经》《中国新诗年鉴》《中国诗典》等，出版有诗集《黑白真相》《最后一炮》《致 L》，优秀代表作有《脐带》《各路神仙》《后半夜》《暗物质》等。曾获评 2017 年度磨铁诗歌奖"十佳诗人"。

北岛（1949— ），本名赵振开，另用笔名石默、艾珊等，生于北京，祖籍浙江湖州。1968 年高中毕业，进入建筑公司当工人。1970 年代初开始写诗，1978 年与友人创办民间刊物《今天》。1989年移居海外，2007 年任香港中文大学教授。曾获瑞典笔会文学奖、美国西部笔会中心自由写作奖、古根海姆奖等。出版诗集《陌生的海滩》《在天涯》《午夜歌手》《北岛诗选》《北岛诗歌集》等，并有散文集、小说集等数种。

雷平阳（1966— ），云南昭通土城乡人。诗人、国家一级作家，享受国务院特殊津贴专家，全国"四个一批"人才，云南师范大学特聘教授，云南有突出贡献专家。现供职于云南省文联，著有《风中的群山》《天上攸乐》《普洱茶记》《云南黄昏的秩序》《我的云南血统》《雷平阳散文选集》等作品集十余部。曾获《诗刊》华文青年诗人奖、人民文学诗歌奖、十月诗歌奖、华语文学传媒大奖诗歌奖、鲁迅文学奖等。

张执浩（1965— ），湖北荆门人。1988年毕业于华中师范大学历史系。2003年加入中国作家协会，现为武汉市文联专业作家、《汉诗》执行主编。曾在武汉音乐学院任教，著有长篇小说《试图与生活和解》《天堂施工队》《水穷处》，中短篇小说集《去动物园看人》，诗集《苦于赞美》《动物之心》《撞身取暖》《宽阔》《欢迎来到岩子河》，随笔集《时光练习簿》等。

白灵（1951— ），本名庄祖煌，原籍福建惠安，生于台北万华。台北工专三年制毕业，美国新泽西州史蒂文斯理工学院化工硕士，后任教于台北技术学院。担任过草根诗刊主编、耕莘青年写作会值年常务理事、《中华现代文学大系》诗卷编委、《台湾诗学季刊》主编。出版诗集《后裔》《大黄河》《没有一朵云需要国界》等。

陈黎（1954— ），原名陈膺文，台湾诗人。毕业于台湾师范大学英语系。曾任中学教师，并在台湾东华大学等校授课，"太平洋诗歌节"策划人。著有诗集、散文集等，译有《拉丁美洲现代诗选》《聂鲁达诗精选集》《辛波丝卡诗选》等十余种。1999年，受邀参加鹿特丹国际诗歌节。2004 年，受邀参加巴黎书展中国文学主题展。曾获国家文艺奖，吴三连文艺奖，时报文学奖推荐奖、叙事诗首奖、新诗首奖，联合报文学奖新诗首奖等。

子川（1953— ），本名张荣彩，生于江苏高邮。1986 年起从事文学编辑工作，曾在《钟山》《雨花》《扬子江诗刊》任编辑、主编等职。出席中韩作家会议、中法诗歌节、中美田园诗高峰论坛等。出版诗集《背对时间》《虚拟的往事》《子川诗抄》等。曾获江苏优秀文学编辑奖、紫金山文学奖、汉语诗歌双年十佳等奖项。

潇潇，女，本名肖幼军，四川人，当代女性诗歌的代表诗人之一。1983 年开始写诗，1988 年获首届"探索诗"奖；1993 年主编中国现代诗编年史丛书《前朦胧诗全集》《朦胧诗全集》《后朦胧诗全集》等。出版诗集有《树下的女人与诗歌》《踮起脚尖的时间》《比忧伤更忧伤》等。2006 年获中国"第三代"诗歌功德奖，2008 年获汶川抗震救灾优秀志愿者奖。

张小波（1964— ），江苏南通人。毕业于华东师范大学，在二十世纪八十年代是"第三代"诗歌运动的代表人物之一，上海"城市诗派"的旗手。大学期间与其他三人推出《城市诗人》合集。

田禾（1965— ），湖北大冶人，原名吴灯旺。1982 年开始文学创作，正式出版诗集《温柔的倾诉》《在阳光下》《竹林中的家园》《田禾乡土诗选》《大风口》《喊故乡》《野葵花》等。作品被选入一百多种全国重要选本和《大学语文》教材。曾获鲁迅文学奖、《诗刊》"第三届华文青年诗人奖"、《十月》年度诗歌奖等多种诗歌奖项。

横行胭脂（1971— ），本名张新艳，湖北天门人。参加诗刊社第二十五届青春诗会，鲁迅文学院新时代诗歌高级研讨班学员。曾获中国年度先锋诗歌奖、柳青文学奖、西安市骨干艺术家奖、陕西省优秀签约作家奖、陕西青年诗人奖等奖项。诗集《这一刻美而坚韧》入选"21世纪文学之星丛书"。

　　叶舟（1966—　），本名叶洲，生于兰州。西北师大中文系毕业，中国作家协会会员、甘肃省文学院荣誉作家。曾任教师、记者和编辑。著有诗文集《大敦煌》、诗歌小说集《第八个是铜像》、诗集《练习曲》、长篇随笔《世纪背影》、长篇小说《形容》、电影《钢琴》（长城影视出品）及同名长篇小说等。曾获鲁迅文学奖。

　　牛汉（1923—2013），本名史承汉、史成汉，曾用笔名谷风，生于山西定襄，蒙古族。1940年开始发表诗歌作品，1943年就读西北大学，1946年因参加学生运动被捕，1955年受"胡风事件"牵连。1954年起长期在人民文学出版社工作，曾任《新文学史料》主编、《中国》执行副主编等。出版诗集《彩色的生活》《祖国》《爱与歌》《温泉》《沉默的悬崖》《牛汉诗选》《牛汉诗文集》等。

　　杨方（1975—　），出生于新疆。自由写作者。参加诗刊社第二十四届青春诗会，首都师范大学2013—2014年驻校诗人。诗集《像白云一样生活》入选21世纪文学之星丛书。曾获《诗刊》青年诗人奖、华文青年诗人奖、扬子江诗学奖、浙江优秀青年作品奖等。

　　邰筐（1971—　），山东临沂人。出版有个人诗集《城》、诗合集《我们柒》《三个刀伏手》（与江非、轩辕轼轲合著）等。作品被选入《新中国六十年文学大系》《中国改革开放三十年诗选》《中国诗典1978—2008》《新世纪五年诗选》《新世纪十年诗选》《70后诗选》等四十余种选本。曾获华文青年诗人奖、泰山文艺奖、汉语诗歌双年十佳奖等多种奖项。

唐亚平（1962— ），生于四川通江。1983 年毕业于四川大学哲学系。历任贵阳市铁五局党校教师，贵州省电视台国际部、专题部及社教部记者、编导。1983 年开始发表作品。1995 年加入中国作家协会。组诗《田园曲》获 1984 年贵州省文联优秀作品奖、1994 年庄重文文学奖。著有诗集《荒蛮月亮》《月亮的表情》《唐亚平诗集》。

朱剑（1975— ），湖南益阳人，现居西安。1991 年开始写诗，2000 年正式发表作品。民刊《下半身》《唐》《葵》同仁。著有诗集《陀螺》《磷火》等。

图雅（1964— ），本名鲍凤云，安徽芜湖人，现居天津。2005 年开始网络创作，2009 年开始参加《葵》文学论坛活动。曾获全国鲁藜诗歌奖、《新世纪诗典》十大魅力诗人等。诗集有《我的忧伤没人知道》《外面有风沙》《春暖花开》《母亲在我腹中》。

轩辕轼轲（1971— ），山东临沂人。2000 年参与《下半身》诗歌运动，曾在《人民文学》《大家》《芙蓉》《天涯》等刊发诗及小说，现居临沂。著有诗集《在人间观雨》《广陵散》《藏起一个大海》《挑滑车》等，曾获 2012 年度（第十届）"茅台杯"人民文学奖诗歌奖，曾获评 2017 年度磨铁诗歌奖十佳诗人。

杨炼（1955— ），原籍山东，出生于瑞士，现居德国，"朦胧诗"代表人物之一，1961 年回京，1974 年开始写诗，知青期间与芒克、多多结识并参加了一系列文学活动，是《今天》、"幸存者诗歌俱乐部"的主要成员之一。出版诗集《礼魂》《荒魂》《黄》《艳诗》，2012 年获得诺尼诺国际文学奖。

吉狄马加（1961— ），彝族，四川凉山人。毕业于西南民族学院中文系汉语言文学专业。曾任中国诗歌学会常务副会长、中国少数民族作家学会会长、第十届全国政协委员、民族和宗教委员会委员、中华全国青年联合会副主席。现任十三届全国人大常委会委员，中国作家协会党组成员、书记处书记、副主席。著有诗集《初恋的歌》《一个彝人的梦想》《罗马的太阳》《遗忘的词》等。

　　余丛（1972— ），原名徐海东，江苏灌南人。现居广东中山。著有诗集《诗歌练习册》《被比喻的花朵》《无能的力量》和随笔集《疑心录》等。作品入选《朦胧诗二十五年》《中国新诗年鉴》《中国诗歌精选》《先锋诗歌档案》等书。主编出版《见字如晤：当代诗人手稿》。主编文学丛刊《喜闻》。

　　侯马（1967— ），山西新绛人。北京师范大学中文系学士，北京大学法律系硕士。20 世纪 80 年代末开始现代汉语诗歌创作，出版个人诗集《哀歌·金别针》《顺便吻一下》《精神病院的花园》《他手记》等。曾获天问诗歌奖、《十月》新锐人物奖、中国先锋诗歌奖、首届汉诗榜年度最佳诗人，荣膺第七届青年作家批评家论坛"2008 年度青年作家"称号，诗集《他手记》被评为 2008 年中国诗歌排行榜年度最佳个人诗集。

　　晴朗李寒（1970— ），原名李树冬，又名李寒，河北河间人。毕业于河北师范学院外语系俄语专业，曾有多年在俄罗斯担任翻译的经历。译著有《俄罗斯当代女诗人诗选》《三色李》，合译有《当代俄罗斯诗选》等。2009 年出版诗集《空寂·欢爱》。

　　周瓒（1968— ），本名周亚琴，生于江苏。1985 年考入扬州师范学院中文系，1999 年毕业于北京大学中文系，获文学博士学位。现为中国社会科学院文学研究所研究员、研究生导师。著有诗集《松开》《写在薛涛笺上》《反肖像》和《哪吒的另一重生活》，诗歌论著《透过诗歌写作的潜望镜》《挣脱沉默之后》，译诗集《吃火：玛格丽特·阿特伍德诗选》和《葬礼上的啦啦队长》（尼娜·卡香诗选）等。

萧沉（1962—　），本名杨岩，朝鲜族，生于大连，定居天津。1990年与友人一起创办民间诗刊《葵》。同年，诗作《纳尔逊·曼德拉》获美国《一行》诗刊诗歌奖一等奖。著有《萧沉诗选》等。

娜仁琪琪格（1971—　），蒙古族，汉名席奎芳，辽宁朝阳人。现居北京，《诗歌风赏》主编。1990年开始发表作品，2006年参加诗刊社第二十二届青春诗会。诗集《在时光的鳞片上》入选中国作家协会21世纪文学之星丛书，另著有诗集《嵌入时光的褶皱》《风吹草低》。曾获冰心儿童文学奖、辽宁文学奖等奖项。

杨键（1967—　），安徽马鞍山人。曾当过工人，亦研佛教，自20世纪80年代后期开始从事诗歌创作。著有诗集《暮晚》《古桥头》和长诗《哭庙》等。曾获首届刘丽安诗歌奖、柔刚诗歌奖、第六届华语文学传媒年度诗人奖。

张尔（1976—　），生于安徽，现居深圳。诗人、定向出版人、文化和艺术活动策划人。2012年创办《飞地》丛刊，2015年创办"飞地传媒"，专事文学、艺术出版和交流计划。出版诗集《乌有栈》等。

伊蕾（1951—2018），原名孙桂珍，天津人。廊坊地区文联干部，天津市作家协会编辑。毕业于鲁迅文学院和北京大学中文系。1969年下乡，1974年开始发表作品，1982年调入河北廊坊文联，1985年加入中国作家协会。1990年代在莫斯科生活。著有诗集《女性年龄》《爱的方式》《独身女人的卧室》《伊蕾爱情诗》《叛逆的手》等。

李瑛（1926—2019），祖籍河北丰润，生于辽宁锦州。1945年入读北京大学中文系。先后任记者、文艺刊物编辑、出版社社长、总政文化部部长、中国作家协会主席团成员、中国文艺界联合会副主席等职。

哑石（1966—　　），生于四川广安。毕业于北京大学数学系，现任职于西南财经大学。代表诗作有《四重奏》《童年的反光》《青城诗章》《月相》《假动作》等。曾获首届华文青年诗歌奖、成都二十年诗歌奖（1980－2000）、2001年度最佳诗歌奖。

明迪，旅美诗人、翻译。著有诗集《D小调练习曲》《柏林故事》《洛城镜像》《分身术》《明迪诗选》《和弦分解》，出版译著《在他乡写作》《错光的时光》等。

陈人杰（1968—　　），浙江天台人。三届援藏干部。诗集《西藏书》获第七届鲁迅文学奖提名奖，诗集《回家》获第二届徐志摩诗歌奖，曾先后获《诗刊》青年诗人奖、扬子江诗学奖、珠穆朗玛文学艺术奖特别奖等文学奖项。

余幼幼（1990—　　），曾用名零落香，生于四川。2004年开始诗歌创作。出版诗集《7年》《我为诱饵》等。曾获《诗选刊》中国年度先锋诗歌奖、《星星》年度诗歌奖等。

江离（1978—　　），本名吕群峰，浙江嘉兴人。2002年与友人创办民间诗刊《野外》，2003年起主持野外诗人沙龙，2008年起编辑《诗江南》，2010年参与创办《诗建设》。参加诗刊社第二十九届青春诗会。出版个人诗集《忍冬花的黄昏》《不确定的群山》。曾获刘丽安诗歌奖、海子诗歌奖提名奖等。

马培松（1963—　　），四川三台人。做过教师、新闻记者、基层公务员，现供职于四川省绵阳市文联。出版诗集《马培松诗选》《2011：发给自己的诗歌邮件》等。曾获《人民文学》"青春中国"诗歌奖、四川省精神文明建设"五个一"工程奖、四川省巴蜀文艺奖等。

周瑟瑟（1968—　），生于湖南岳阳，现居北京。曾任媒体主编、中关村软件公司管理者、电视编导、百花洲文艺出版社北京诗歌出版中心总监等职。著有诗集《松树下》《17 年：周瑟瑟诗选》《栗山》《暴雨将至》《鱼的身材有多好》《苔藓》《世界尽头》《犀牛》《种橘》等，作品被译成多种外语。曾获中国桂冠诗歌奖、中国当代诗歌奖诗集奖、《诗参考》十年经典诗歌奖等奖项。

姚风（1958—　），原名姚京明，生于北京，后移居澳门。现任教于澳门大学葡文系。著有中葡文诗集《写在风的翅膀上》《一条地平线，两种风景》《瞬间的旅行》《黑夜与我一起躺下》《远方之歌》《当鱼闭上眼睛》，译著有《葡萄牙现代诗选》《澳门中葡诗歌选》《安德拉德诗选》《中国当代十诗人作品选》等十多部。曾获第十四届"柔刚诗歌奖"，葡萄牙"圣地亚哥宝剑勋章"。

王小妮（1955—　），生于吉林长春，满族人，中国作家协会会员。1982 年毕业于吉林大学中文系，与徐敬亚、吕贵品一起被称为"吉林大学三大诗人"。曾为海南大学人文传播学院教授。2000 年秋参加在东京举行的"世界诗人节"。2001 年受德国幽堡基金会邀请赴德讲学。2003 年获得由中国诗歌界最具有影响力的核心期刊《星星诗刊》《诗选刊》《诗歌月刊》联合颁发的"中国 2002 年度诗歌奖"。曾获美国安高诗歌奖。代表作品有《我感到了阳光》《风在响》等。

慕白（1973—　），浙江文成人。先后当过乡村教师、记者、编辑，现在文联工作。参加诗刊社第二十六届青春诗会、鲁迅文学院第三十一届中青年作家高级研讨班，2014—2015 年度首都师范大学驻校诗人。著有诗集《有谁是你》《在路上》《行者》《所见》。曾获十月诗歌奖、红高粱诗歌奖、华文青年诗人奖等。

李成恩（1983—　），生于安徽灵璧。参加诗刊社第二十五届

"青春诗会"、鲁迅文学院第十八届中青年作家高级研讨班、全国青创会、德国科隆艺术节、哥伦比亚麦德林国际诗歌节、墨西哥城国际诗歌节等。著有诗集《汴河，汴河》《春风中有良知》《高楼镇》《池塘》《狐狸偷意象》等，并有随笔集、小说集等多部。曾获《诗选刊》年度先锋诗歌奖、屈原诗歌奖、李白诗歌奖等。

韩宗宝（1973— ），本名韩增宝，山东诸城人。在部队从事过后勤管理工作，2004 年转业，现为胶州市文联创作员，曾参加诗刊社第二十五届青春诗会、第七届全国青创会、《人民文学》杂志社第二届新浪潮诗会等，著有诗集《一个人的苍茫》《韩宗宝的诗》《时光笔记》《潍河滩》《隐忍的抒情》等。

蒋浩（1971— ），生于重庆潼南。先后做过报刊编辑、记者、图书设计、大学教师等。著有诗集《修辞》《喜剧》《缘木求鱼》《唯物》《夏天》《游仙诗？自然史》等数种，诗作被译成英、德、法、韩等多种文字。曾获北京文艺网国际华文诗歌奖、苏轼诗歌奖等奖项。

麦岸（1983— ），本名王元军，亦用王原君，山东莒县人。现居北京。2002 年开始诗歌写作，自印诗集《花心街》《中国铁箱》《塑料旅店》，出版诗集《知丘》，并有随笔集、文化理论专著等数种。曾获汉江·安康诗歌奖。

田湘（1962— ），生于广西河池，祖籍湖南，现任职于南宁铁路公安局。曾在鲁迅文学院第二十三届高级研讨班学习，参加《诗刊》第十届青春回眸诗会，出版汉英双语版诗集《雪人》等，诗集《练习册》获第九届广西文艺创作最高奖铜鼓奖。曾获《诗歌月刊》年度诗歌奖、公安部金盾文化工程艺术奖、中国公安诗歌贡献奖、《广西文学》年度诗歌奖等。

多多（1951— ），本名栗世征，生于北京。1969 年到河北白洋淀插队，1976 年回京，后到《农民日报》工作。1972 年开始写诗，被认为是"朦胧诗"代表性诗人。1989 年出国，旅居荷兰，2004 年回国后被聘为海南大学人文传播学院教授。其作品多次获国内奖项，2010 年获纽斯塔特国际文学奖。出版诗集《行礼：诗38 首》《里程：多多诗选 1973—1988》《阿姆斯特丹的河流》《多多诗选》《多多四十年诗选》等。

阿索拉毅（1980— ），彝族，生于四川峨边彝族自治县，毕业于四川彝文学校。出版诗集《诡异的虎词》，编著《中国彝族现代诗人档案》，主编出版《中国彝族当代诗歌大系》等。创办诗歌民刊《此岸》和"中国彝族现代诗歌资料馆"。

陈陟云（1963— ），广东茂名人。1984 年毕业于北京大学法律系，长期从事司法工作，现居广东肇庆。大学期间开始诗歌写作，出版诗集《在河流消逝的地方》《梦呓：难以言达之岸》《月光下海浪的火焰》等。

汗漫（1963— ），原名余向东，河南南阳人。1984 年开始发表作品，参加诗刊社第十六届青春诗会。出版诗集《片段的春天》《水之书》、散文集《漫游的灯盏》《一卷星辰》等多部。曾获《星星》年度诗歌奖、首届河南文学奖等奖项。

李南（1964— ），出生于青海，现居河北石家庄。1983 年开始写诗，出版诗集有《李南诗选》《时间松开了手》及双语诗集《小》等。作品被收入国内外多种选本。曾获《青年文学》年度诗歌奖、首届河北诗人奖。

许烟华（1970— ），山东博兴人。现居山东滨州，供职于某金融单位。曾获中国金融文学奖、全国鲁藜诗歌奖等。著有诗集《心影暴风》《烟华》等。

宋琳（1959— ），祖籍宁德，生于福建厦门，中国作家协会上海分会会员。毕业于上海华东师范大学中文系，后留校任教。1982 年开始发表诗歌及文学评论。1991 年移居法国，曾就读于巴黎第七大学，先后在新加坡、阿根廷居留。1992 年以来一直是《今天》文学杂志的编辑，2003 年以来受聘在国内大学执教。著有诗集《城市人》《门厅》《断片与骊歌》《城墙与落日》。

高凯（1963—　），生于甘肃合水。现为甘肃省文学院院长。参加诗刊社第十二届青春诗会。出版诗集《心灵的乡村》《春天的光线》《高凯的诗》《乡愁时代》等。曾获全国优秀儿童文学奖、甘肃省文艺突出贡献奖、首届闻一多诗歌大奖、《芳草》汉语诗歌双年十佳等奖项和荣誉。

谈雅丽（1973—　），湖南常德人。曾参加诗刊社第二十五届青春诗会。诗集《鱼水之上的星空》入选中国作协"21 世纪文学之星"丛书，诗集《河流漫游者》入选湖南文艺人才"三百工程"丛书。获红高粱诗歌奖、华文青年诗人奖、台湾叶红女性诗奖、东丽杯鲁藜诗歌特等奖、湖南省青年文学奖等多个奖项。

李伟（1964—　），辽宁沈阳人。毕业于沈阳鲁迅美术学院和天津美术学院，现任教于天津师范大学。1980 年代末开始诗歌写作，著有诗集《牛仔上衣》《你是叫皮皮吗》，部分诗歌作品被译成英文、韩文等。曾获突围年度诗人奖、《诗参考》十年经典诗歌作品奖等诗歌奖项。

宋晓杰（1968—　），辽宁盘锦人。参加诗刊社第十九届青春诗会、鲁迅文学院第七届中青年作家高级研讨班。2012—2013 年度首都师范大学驻校诗人。出版诗集《味道》《忽然之间》《早班火车》等，并有儿童文学、散文、小说等作品多部。曾获全国散文诗大奖、扬子江诗学奖、辽宁文学奖等奖项。

熊焱（1980—　），原名熊盛荣，贵州瓮安人。现为成都市作家协会主席、《草堂》《青年作家》执行主编。曾获华文青年诗人奖、四川文学奖、2016 名人堂年度诗人等奖项。著有诗集《爱无尽》《闪电的回音》等。

东篱（1966— ），河北唐山人。1990 年开始诗歌写作。参加鲁迅文学院第十四届中青年作家高级研讨班。主编诗歌民刊《凤凰》。出版诗集《从午后抵达》《秘密之城》。曾获全国煤矿文学乌金奖、阳光文学奖、中国最佳诗歌编辑奖、河北诗人奖等。

阿毛（1967— ），湖北人。中国作家协会会员。2004 年参加第二十届青春诗会，曾任《芳草》文学杂志副主编。已出版诗集《为水所伤》《至上的星星》《我的时光俪歌》《变奏》《阿毛诗选》和散文集《影像的火车》，代表作《当哥哥有了外遇》。曾获年度诗歌奖、华文青年诗人奖、最佳爱情诗奖、中国年度先锋诗歌奖、屈原文艺奖等。

沈苇（1965— ），浙江湖州人。毕业于浙江师范大学中文系。1988 年进疆，曾任教师、记者，曾为新疆作协专业作家，《西部》杂志总编，中国作协诗歌创作委员会委员。著有诗集《沈苇诗选》《我的尘土 我的坦途》《在瞬间逗留》，散文随笔集《新疆词典》《植物传奇》《喀什噶尔》，评论集《柔巴依——塔楼上的晨光》等，另有编著和舞台艺术作品多部。

宇向（1970— ），山东济南人。70 后重要诗人，自幼喜爱绘画、写作。出版有《宇向诗选》《低调》《我几乎看到滚滚尘埃》《向他们涌来》《口袋里的诗》《其他的事情》等。作品被译成英、法、德等多国文字。曾获柔刚诗歌奖、《人民文学》新世纪散文奖、宇龙诗歌奖、文化中国？年度诗歌大奖、刘丽安诗歌奖、奔腾诗歌奖、第十四届华语文学传媒大奖年度诗人等荣誉。

赵野（1964— ），四川人。毕业于四川大学外文系，1982 年联合发起"第三代"诗歌运动，1983年组织"成都市大学生诗歌联合会"，主编《第三代人》诗歌民刊，1985年参加"四川省青年诗人协会"，参与编辑《现代诗内部交流资料》，1989年与钟鸣等人创办《象罔》杂志。出版诗集《逝者如斯》《水银泻地的时候》，曾获《作家》杂志诗歌奖。

周庆荣（1963— ），江苏响水人。1985年毕业于苏州大学外语系，1993年入北京大学国政系国际文化交流专业学习。1984年开始诗歌写作，出版诗集《爱是一棵月亮树》《飞不走的蝴蝶》《风景般的岁月》《有理想的人》《有远方的人》《有温度的人》等，曾获《诗潮》诗歌金奖、《芳草》汉语诗歌双年奖、《星星》散文诗大奖、刘章诗歌奖等奖项。

荣荣（1964— ），原名褚佩荣，浙江宁波人。毕业于浙江师范大学化学系，先后做过教师、公务员，现为《文学港》杂志社主编、宁波市作家协会主席、浙江省作协副主席。出版过多部诗集及散文随笔集等。参加过诗刊社第十届青春诗会，曾获首届徐志摩诗歌节青年诗人奖、新世纪十佳青年女诗人称号、人民文学诗歌奖、2008年《诗刊》年度优秀诗人奖，第五届华文青年诗人奖，2010－2011年《诗歌月刊》年度实力诗人奖等多种诗歌奖项及鲁迅文学奖。

莫卧儿（1977— ），本名吴艳，生于四川西昌。2004年到北京，先后任杂志、出版社编辑等。参加诗刊社第二十八届青春诗会。出版诗集《当泪水遇见海水》《在我的国度》等。曾获徐志摩诗歌奖、北京文艺网国际诗歌奖等。

雪松（1963— ），山东阳信人。山东大学中文系作家班毕业。1980年代中期开始文学创作。主要著作有《伤》（诗集）、《雪松诗选》（诗集）、《前方，就是前面的一个地方》（诗集）、

《黄河口诗歌部落》（诗集）、《穿堂风》（散文随笔集）、《我参与了那片叶子的飘落》（诗集）等。诗歌作品入选《谱系与典藏——中国先锋诗歌 30 年》《60 年代出生——中国当代诗人诗选》等选本。

唐不遇（1980—　），广东揭西人。诗人、《南都周刊》资深记者。2000 年起，开始在《诗刊》《诗林》《诗选刊》《天涯》《作品》《十月》《山花》《星星》等文学刊物发表诗歌。著有诗集《魔鬼的美德》、《刻在墙上的乌衣巷》（合集）。曾获柔刚诗歌奖、诗建设诗歌奖等多种诗歌奖项。

马新朝（1953—2016），笔名原野，河南唐河人。17 岁入伍，1984 年转业至《时代青年》杂志社，2005 年调入河南省文学院从事专业创作。出版诗集《爱河》《青春印象》《黄河抒情诗》《乡村的一些形式》等，诗集《幻河》获第三届鲁迅文学奖。曾获《莽原》文学奖、十月文学奖、河南省政府奖等。

西川（1963—　），江苏徐州人，原名刘军，1985 年毕业于北京大学英文系，和海子、骆一禾被誉为北大三诗人。曾与友人创办民间诗歌刊物《倾向》（1988—1991）。曾执教于中央美术学院人文学院，现为北京师范大学文学院教授。出版有诗集《虚构的家谱》《大意如此》《西川的诗》等，诗文集《深浅》，散文集《水渍》《游荡与闲谈：一个中国人的印度之行》，随笔集《让蒙面人说话》等。部分作品已被译为英、法、荷、西、意、日等国语言。

车延高（1956—　），出生于山东莱阳。毕业于武汉大学，后长期任职于武汉市。出版诗集《日子就是江山》《向往温暖》《把黎明惊醒》《灵感狭路相逢》《车延高自选集》《车延高诗选》等。曾获鲁迅文学奖、十月文学奖等奖项。

管党生（1963—　），安徽合肥人。21 世纪初"垃圾派"诗歌主要成员之一，有诗集《我所认为的贵族》等。

王东东（1983—　　），本名王冬冬，生于河南杞县。现供职于河南师范大学，任该校华语诗歌研究中心执行主任。曾获北京大学未名诗歌奖、汉江·安康诗歌奖、DJS 诗集奖、诗东西青年批评奖、后天批评奖、徐玉诺诗歌奖、周梦蝶诗奖、《扬子江评论》奖等。出版诗集《空椅子》《云》《忧郁共和国》《世纪》等。

冯唐（1971—　　），原名张海鹏，生于北京。诗人、作家、医生、商人。1998 年获协和医学院临床医学博士学位，2000 年获美国艾默里大学 GOIZUETA 商学院工商管理硕士学位。有长篇小说、中短篇小说、散文集、译作等多种，诗集《不三》《冯唐诗百首》出版。曾获《人民文学》"年度青年作家"称号。

肖水（1980—　　），原名黄潇，湖南郴州人。复旦大学文学博士，现任教于复旦大学。"复旦诗社"第二十七任社长。出版诗集《失物认领》《中文课》《艾草》《渤海故事集：小说诗诗集》等。曾获未名诗歌奖、光华自立奖、三月三诗会奖、建安文学双年奖等奖项。

灵焚（1962—　　），本名林美茂，福建福清人。大学教师，现居北京。1983 年开始文学创作，1990 年出版散文诗集《情人》，2011 年出版散文诗集《女神》，2014 年出版散文诗集《剧场》。"我们—北土城散文诗群"重要发起人、组织者之一。2011 年获得中国散文诗年度奖等。

龚学敏（1965—　　），四川九寨沟人。1984 年毕业于四川省阿坝高等师范专科学校数学系，历任中学教员、警察、公务员、阿坝日报社总编辑、阿坝州作协主席等职务，现任四川省作家协会副主席，《星星诗刊》主编。1987 年开始发表作品，2007 年加入中国作家协会。出版诗集《九寨蓝》《幻影》《雪山之上的雪》《紫禁城》等。长诗《长征》获第五届四川文学奖。

丁成（1981— ），江苏滨海人。"活塞派"代表诗人，2002年发起80后诗歌运动，同年主持出版《蓝星80后文论卷》，在中国诗坛引起巨大反响。20世纪90年代中期开始写诗，后兼事批评理论。著有《我是那我是》《蟑螂的微笑》《四重奏》《黑太阳》等近百部长诗及一万多首短诗，思想笔记《驯兽师日记》，长篇小说《人类园》，理论批评文集《异端的伦理》，主编《80后诗歌档案》。

余怒（1966— ），安徽安庆人。1985年开始诗歌创作。1987年在《湖南文学》发表诗歌处女作《标本》。1992年作短诗《守夜人》，取笔名为余怒。1997年6月，获台湾民间第一届"双子星新诗奖"。著有诗集《守夜人》《余怒诗选集》《余怒短诗选》《枝叶》《余怒 吴橘诗合集》《现象研究》《饥饿之年》《个人史》《主与客》《蜗牛》和长篇小说《恍惚公园》。

胡茗茗（1967— ），本名胡茗，出生于上海。1980年代末开始写诗，曾参加《诗刊》社青春诗会、鲁迅文学院高级研讨班。出版诗集《诗瑜迦》《诗地道》《爆破音》等。曾获中国女性文学奖、河北省文艺振兴奖、台湾叶红诗歌奖首奖、《诗选刊》年度杰出诗人奖等。

吉狄兆林（1967— ），彝族，四川会理人。1988年毕业于凉山民族师范学校。1987年开始发表作品，著有诗集《梦中的女儿》、散文集《彝子书》等。

吕约（1972— ），生于湖北。文学博士，曾任《新京报》编委，现任北京十月文学院常务副院长。著有诗集《吕约诗选》《回到呼吸》《破坏仪式的女人》、学术专著《喜智与悲智》、评论集《戴面膜的女幽灵》等。曾获首届骆一禾诗歌奖等。

秦巴子（1960—　　），陕西西安人，曾任中学教师、杂志编辑。1985 年开始发表文学作品。曾参加《诗刊》社第十一届"青春诗会"（1993）。出版有诗集《立体交叉》《理智之年》《纪念》，散文随笔集《时尚杂志》等。

白鹤林（1973—　　），本名唐瑞兵，生于四川蓬溪，现居四川绵阳。著有诗集《车行途中》、评论集《天下好诗：新诗一百首赏析》等多部。曾获四川十大青年诗人、全国鲁藜诗歌奖诗集类一等奖、骆宾王青年文艺奖等多种奖项。

张作梗（1966—　　），祖籍湖北京山，本名张海清，偶用笔名庞贝。1984 年开始文学创作，主要以诗歌为主，在《诗刊》《星星》《长江文艺》《扬子江诗刊》等报刊发表大量作品，代表作《哑巴》。诗作入选《中国年度最佳诗歌》《中国诗歌精选》《中国诗歌年选》等多种选本。

嘎代才让（1981—　　），藏族，生于青海。藏汉双文创作，就读鲁迅文学院第十届高级研讨班。曾获全国十大少数民族诗人、诗选刊·中国年度先锋诗歌奖 、全国十大新锐诗人等奖项和称号。出版诗集《西藏集》。

赵四（1972—　　），本名赵志方，出生于上海。2006 年获中国社会科学院比较文学与世界文学专业文学博士学位，2007 至 2010年于北京师范大学博士后工作站从事西方现代诗学方向研究。现为中国作协诗刊社副编审。出版诗集《白乌鸦》《消失，记忆：2009－2014 新诗选》等，获波兰玛利亚·科诺普尼茨卡奖。

世宾（1969—　　），原名林世斌，广东潮州人。现供职于广东省作家协会文学院。"完整性写作"主要倡导者和理论阐述人、暨南大学中国文艺评论基地诗歌散文委员会副主任、东荡子诗歌促进会会长。1992 年开始发表作品，出版诗集《文明路一带》《大海的沉默》《迟疑》《伐木者》等。

丁燕（1971— ），生于新疆哈密。毕业于中国人民大学新闻学院。1987 年开始创作，现居东莞，专事写作。著有诗集《午夜葡萄园》《母亲书》、长篇小说《木兰》、散文集《工厂女孩》《工厂男孩》、诗论集《我的自由写作》等。曾获中国当代十大杰出青年诗人等称号，著作曾获国家图书馆文津图书奖、徐迟报告文学奖、鲁迅文学奖提名、百花文学奖、鄂尔多斯文学奖等。

黄金明（1974— ），广东化州人。1998 年毕业于广东教育学院中文系，并执教于广州某院校，2000 年 1 月到《南方农村报》工作。有多篇诗歌、散文、小说发表于《人民文学》《北京文学》《花城》《山花》《诗刊》《星星诗刊》等杂志。著有诗集《大路朝天》《老虎，老虎——黄金明十年诗精选》等。

谢小青（1988— ），生于湖南冷水江。法律硕士，大学期间开始诗歌创作。诗集《起风了》入选作家协会 2014 年度"21 世纪文学之星"丛书。诗集《无心地看着这一切》系"星星历届年度诗歌奖获奖者书系"之一种。曾获紫金·人民文学之星等奖项。

路也（1969— ），本名路冬梅，济南人。毕业于山东大学中文系，曾为首都师范大学驻校诗人、美国 KHN 艺术中心入驻诗人，现执教于济南大学文学院。著有诗集《风生来就没有家》《心是一架风车》《我的子虚之镇乌有之乡》等，中短篇小说集《我是你的芳邻》，长篇小说《鞠是有的》《别哭》等。曾获《诗刊》华文青年诗人奖、新世纪十佳青年女诗人奖、"茅台杯"人民文学奖优秀诗歌奖、《星星》年度诗人奖、人民文学奖等。

郁葱（1956— ），原名李丛，河北深县人。1974 年开始发表作品，曾任《诗选刊》主编、河北省作协副主席等职。著有诗集《蓝海岸》《生存者的背影》《世界的每一个早晨》《郁葱爱情诗》

《自由之梦》《最爱》《郁葱抒情诗》《橙色午夜》等。曾获河北文艺振兴奖、鲁迅文学奖、塞尔维亚斯梅代雷沃国际诗歌节金钥匙奖等奖项。

沉河（1967—　），原名何性松，湖北潜江人。现任长江文艺出版社诗歌出版中心主任。出版诗集《碧玉》。编选出版《21 世纪初中国实力诗人诗选》《本草集》等当代诗选本。统筹出版《中国新诗百年大典》，策划出版"中国二十一世纪诗丛"等。

君儿（1968—　），天津宝坻人。毕业于山东大学中文系。著有诗集《沉默于喧哗的世界》《大海与花园》《歌钟》《飞越太平洋的鸟》等，有诗歌作品被译作英、德、韩等多国语言，作品入选英文诗歌集《中国当代诗歌后浪》。曾获《新世纪诗典》第五届"李白诗歌奖"金诗奖、韩国第二届"亚洲诗人奖"、第四届谷熟来禽桂冠诗歌奖、"现代诗百优诗人"、新诗典十大 60 后诗人等诸多荣誉。

阳子（1974—　），福建漳州人。"新死亡"诗派主要成员，大型诗丛《诗》副主编。写诗、画画、写小说。参与策划和组织首届八闽民间诗会、中国先锋诗歌十大流派研讨会、南方诗会等大型诗歌活动。出版诗集《阳子诗选》《语言教育》《独幕剧》等多部。

欧阳江河（1956—　），曾用笔名江河、江帆等，原名江河，四川泸州人。1979 年开始发表诗歌作品，后任职于四川省社会科学院文学研究所，现为北京师范大学文学院教授。著有诗集《透过词语的玻璃》《谁去谁留》《事物的眼泪》等，评论集《站在虚构这边》，代表诗作有《玻璃工厂》《计划经济时代的爱情》《椅中人的倾听与交谈》《咖啡馆》等。其写作理念对 20 世纪 90 年代以来的中国诗坛有较大的影响，被国际诗歌界誉为"最好的中国诗人"。

默默（1964— ），原名朱伟国，生于上海，"撒娇派"诗人之一。1983 年毕业于上海冶金工业学校。1979 年开始诗歌创作至今，1999 年创办默默工作室，现任《撒娇》诗刊主编。写有诗作《现实》《木偶的贞操》《面前一场空》《食已宴》《为上帝补写墓志铭》《第一种散步》等。著有长篇小说《四十大惑》《汉语魔鬼辞典》、系列袖珍小说《我们中国的梦》、诗集《默默史诗三部曲》以及摄影集《我用灵魂对焦距》《闻到你千里之外的体香》等。

何小竹（1963— ），重庆彭水人，1979 年考入重庆涪陵地区歌舞团，从事乐队演奏和编剧，现为职业写作者。曾在《星星诗刊》《人民文学》等刊物发表诗歌作品，于 1993 年加入中国作家协会。代表作品有诗集《6 个动词，或苹果》《梦见苹果和鱼的安》等。

金铃子（1972— ），原名蒋信琳，重庆人。1980 年代末期开始发表诗歌。曾参加诗刊社第二十四届青春诗会、鲁迅文学院第十七届中青年作家高级研讨班。著有《奢华倾城》《曲有误》《当太阳普照》《越人歌》《我住长江头》《金铃子诗书画集》等，获徐志摩诗歌奖、李杜诗歌奖新锐奖、中国散文诗天马奖、《诗刊》年度青年诗人奖等奖项。

冯娜（1985— ），白族，生于云南丽江。毕业并任职于中山大学，广东外语外贸大学创意写作中心特聘导师。著有《无数灯火选中的夜》《寻鹤》《唯有梅花似故人——宋词植物记》《颜如舜华——〈诗经〉植物记》等诗文集多部。参加诗刊社第二十九届青春诗会，首都师范大学第十二届驻校诗人。曾获华文青年诗人奖、美国 The Pushcart Prize 提名奖、广东省鲁迅文学艺术奖、中国少数民族学会年度奖等多种奖项。

杨康（1988—　），陕西西乡人，现居重庆。鲁迅文学院第二十届中青年作家高级研讨班学员。著有诗集《我的申请书》，曾获重庆市文学奖、巴蜀青年文学奖、紫金·人民文学之星文学奖、雁翼诗歌奖等。

爱斐儿（1966—　），本名王慧琴，曾用笔名王小雪，祖籍河南许昌，现居北京，从医近三十年。出版诗集《燃烧的冰》、散文诗集《非处方用药》《废墟上的抒情》《倒影》。曾获天马散文诗奖、首届屈原诗歌奖银奖、《诗选刊》年度优秀诗人奖、《诗潮》年度优秀诗人奖等奖项。

扶桑（1970—　），河南信阳人。在《人民文学》《诗刊》《诗探索》《天涯》等报刊发表诗歌、散文、评论800多首（篇）。曾获《诗歌月刊》举办的全国爱情诗大赛一等奖、《人民文学》利群杯"新浪潮诗歌奖"等多种奖项。著有诗集《爱情诗篇》《扶桑诗选》《变色》等。

颜艾琳（1968—　），台湾台南人。辅仁大学历史系毕业。做过摇滚乐团、剧场、民间刊物。著有《抽象的地图》《骨皮肉》《黑暗温泉》《她方》《微美》《诗乐翩篇》《A 赢的地味》等。曾获出版优秀青年奖、创世纪诗刊40周年优选诗作奖、吴浊流新诗正奖、中国文艺文学类新诗奖章、第一朗读者最佳诗人奖等。诗作译成英、法、韩、日等语言。

玉上烟（1970—　），本名颜梅玖，生于辽宁大连。现供职于宁波未来作家报社，编辑。著有诗集《玉上烟诗选》《大海一再后退》以及诗合集《玻璃转门》等，? 有作品被译介到日本、美国等。曾获新现实主义诗歌奖、《人民文学》年度诗歌奖、辽宁文学奖、海燕诗歌奖等。

李亚伟（1963—　），生于重庆市酉阳县，"第三代"诗歌的发起者和代表人物之一。1983 年创作代表性作品《中文系》，在诗界较有影响。1984 年与他人共同创立"莽汉"诗歌流派。著有《中文系》《少年与光头》《异乡的女子》《风中的美人》《酒中的窗户》《秋天的红颜》等。

小布头（1963—　），本名王洁，湖北十堰人。从事过文化管理、新闻出版等工作，现居北京。80 年代初期开始文学创作。诗作入选多种选本，参加第四届十月诗会。主编同仁诗集《五重塔》。

胡弦（1966—　），生于江苏铜山。先后做过教师、报社记者、编辑等，现为《扬子江》诗刊主编。出版诗集《十年灯》《阵雨》《沙漏》《寻墨记》《空楼梯》《胡弦诗选》等，曾获柔刚诗歌奖、《诗刊》年度诗歌奖、腾讯书院文学奖、花地文学榜年度诗人奖、《星星》年度诗人奖、《十月》文学奖、鲁迅文学奖等。

春树（1983—　），生于北京。高中辍学开始独立写作。出版诗集《激情万丈》《春树的诗》、小说《北京娃娃》《长达半天的欢乐》，及散文集、写真集等多种。曾登上美国《时代周刊》封面，被认为是中国 80 后作家代表人物之一。

李建春（1970—　），湖北大冶人。1992 年本科毕业于武汉大学汉语言文学系。文学硕士。多次策划重要艺术展览，现任教于湖北美术学院。著有诗集《下午的枞树》《嘉年华与法庭》《长诗五种》《站立的风》《别长安》等。曾获刘丽安诗歌奖、宇龙诗歌奖、湖北文学奖、《长江文艺》优秀诗歌奖等。

曹东（1971—　），四川武胜人。1989 年开始文学创作，著有诗集《许多灯》《说出》。曾获四川日报文学奖、冰心儿童文学新作奖、四川省十大青年诗人奖、中国诗歌万里行优秀诗人奖等。

泉子（1973—　），浙江淳安人。现居杭州，《诗建设》主编。

参加诗刊社第二十八届青春诗会。著有诗集《雨夜的写作》《与一只鸟分享的时辰》《秘密规则的执行者》《杂事诗》《湖山集》等。曾获刘丽安诗歌奖、诗刊社青年诗人奖、十月诗歌奖、《西部》文学奖、汉语诗歌双年奖、苏轼诗歌奖等。

刘立云（1954— ），生于江西井冈山。1972 年 12 月参军，1978 年考入江西大学哲学系。历任《解放军文艺》编辑、编辑部主任、主编，解放军出版社文艺图书编辑部主任等。出版诗集《红杜鹃，紫杜鹃》《红色沼泽》《黑罂粟》《沿火焰上升》《向天堂的蝴蝶》《烤蓝》《生命中最美的部分》。曾获鲁迅文学奖、全军新作品特别奖、《诗刊》年度优秀诗人奖、《人民文学》优秀作品奖、中国人民解放军图书奖等奖项。

魔头贝贝（1973— ），原名钱大全，生于河南南阳。1988 年开始写诗，中间辍笔，2001 年接触网络后重新开始写作。参加诗刊社第二十九届青春诗会。出版诗集《敬献与微澜》。曾获不解诗歌奖探索奖、中国诗歌突围年度奖、奔腾诗歌论坛年终比赛冠军等奖项。

郎启波（1979— ），笔名野愁，云南昭通人。1994 年开始发表作品，1995 年开始参与民刊编辑，1997 年自印诗集《漂泊的岛》。新世纪以来主编民刊《审视》多卷。诗歌结集《蜗牛记》《部分郎启波》。

人与（1973— ），本名向军，亦用笔名向与，河南信阳人。1991 年开始写诗，亦从事哲学随笔、童话、小说等写作。2000 年于郑州创办民刊《审视》。有诗集《我与安静有一场婚礼》，曾获《诗歌月刊》"探索诗"一等奖。

孟原（1977— ），原名张晋，四川安岳人。"后非非"写作主要代表人物之一。2006 年和周伦佑合作主编《悬空的圣殿》《刀锋上站立的鸟群》。出版诗集《捉字的人》。现任《非非》执行主编，居成都。

余秀华（1976— ），生于湖北钟祥。2009 年开始写诗。出版诗集《月光落在左手上》《摇摇晃晃的人间》《我们爱过又忘记》。曾获湖北文学奖、农民文学奖、华语文学传媒年度最具潜力新人提名、冯道信乡土文学奖等奖项。

梅依然（1973— ），本名唐梅，生于四川遂宁，现居重庆。现为自由职业者。重庆文学院签约作家。2003 年开始创作，著有诗集《女人的声音》《蜜蜂的秘密生活》等。曾获《诗选刊》中国年度先锋诗歌、《现代青年》年度最佳青年诗人等奖项，入选重庆市首批"巴渝新秀"青年文艺人才。

羌人六（1987— ），羌族，原名刘勇，生于四川平武。2004 年开始写作并发表作品。曾获复旦大学"在南方"诗歌奖、四川少数民族文学创作优秀作品奖等。有诗集《太阳神鸟》《响鼓不用重锤》，及小说集、散文集数种。

刘川（1975— ），辽宁阜新人。毕业于辽东学院、解放军艺术学院，现居沈阳，《诗潮》杂志主编。曾出版诗集《拯救火车》《大街上》《打狗棒》《刘川诗选》《西天的云彩》等。偶以粥饭为名写作旧体诗词。曾获得人民文学奖、徐志摩诗歌奖、辽宁文学奖等。

灯灯（1977— ），本名胡宇，生于江西上饶。2004 年开始诗歌创作，曾获《诗选刊》2006 年度中国先锋诗歌奖、第四届叶红女性诗歌奖、第二届中国红高粱诗歌奖、第四届刘伯温诗歌奖等。2012 年参加诗刊社第二十八届青春诗会，2017 年获诗探索·人天华文青年诗人奖，2018—2019 年度首都师范大学驻校诗人。出版诗集《我说嗯》《余音》。

乌鸟鸟（1981—　），广东佛山人。曾为叉车工人、演员等，作品见于多种期刊。

阿西（1962—　），本名项春山，黑龙江密山人。先后参与创办《东北亚》《流放地》《诗篇》《首象山》《花猫》等诗歌民刊。曾在中学、法院和报社工作过，1997 年起自谋职业并闯荡俄罗斯，2007 年后定居北京。有早期作品集《青草莓》《家园》，近作集《词车间》《生活指南》和诗论集《词的寂静》等。获首届屈原诗歌奖、首届全球华语诗歌大赛金奖等奖项。

唐诗（1967—　），本名唐德荣，重庆荣昌人。管理学博士。中国当代诗歌奖评委会主任、《中国当代诗歌导读》主编。1985 年开始发表诗歌，出版诗集《走向那棵树》《蚂蚁之光》《穿越时间的纸张》等。曾获中国作家出版集团奖、中国文艺百花奖、希腊国际文学艺术奖等奖项，获全国文艺先进工作者、全国文艺领军人物等称号。

胡桑（1981—　），本名胡国平，浙江德清人。同济大学哲学博士，现任教于同济大学中文系。中国现代文学馆客座研究员。著有诗集《赋形者》、诗学论文集《隔渊望着人们》、译著《我曾这样寂寞生活：辛波斯卡诗选》《染匠之手》《生活研究：罗伯特·洛威尔诗选》等。曾获《上海文学》新人奖、北京大学未名诗歌奖、《诗刊》"诗歌中国"青年诗人奖等。

张巧慧（1978—　），出生于浙江慈溪。1996 年发表第一首诗歌，主要诗集《与大江书》等，现任慈溪市文联主席。参加诗刊社第三十届青春诗会、鲁迅文学院第三十一届中青年作家高级研讨班、第八次全国青年作家创作会议。获华文青年诗人奖、三毛散文奖、於梨华青年文学奖、储吉旺文学奖、浙江青年文学之星优秀作品奖等。多次参加或主持两岸诗歌论坛、中东欧文学论坛等。

商震（1960— ），辽宁营口人。1970 年代末开始写诗。曾先后在《人民文学》杂志社、诗刊社、作家出版社等任职。出版诗集《大漠孤烟》《无序排队》《半张脸》《食物链》《谁是王二》等。曾获《芳草》诗歌奖等。

津渡（1974— ），本名周启航，湖北天门人。参加诗刊社第二十五届青春诗会。著有诗集《津渡的诗》《山隅集》《穿过沼泽地》等，曾获徐志摩诗歌奖等。

韩文戈（1964— ），河北丰润人，现居石家庄。1982 年开始发表诗歌作品，曾先后从事报刊杂志编辑、记者、公务员等职业。出版诗集《吉祥的村庄》《晴空下》《万物生》等，曾获十月诗歌奖等。

南鸥（1964— ），本名王军，生于贵州贵阳。1984 年开始写作。主要作品《火浴》《春天的裂缝》《渴望时间最后的修饰》、长诗《苏格拉底之死》《断碑，或午夜的自画像》《败血症》等。曾获贵州"乌江文学奖"、贵州改革开放三十年"十大影响力诗人奖"、首届"中国当代诗歌奖"、《诗选刊》"年度诗人奖"等。

杜绿绿（1979— ），原名杜凌云，生于安徽合肥，2004 年末开始写诗，现居广州。著有诗集《近似》《冒险岛》《她没遇见棕色的马》《我们来谈谈合适的火苗》。曾获珠江国际诗歌节青年诗人奖、十月诗歌奖等。

老四（1985— ），本名吴永强，山东临沂人。2006 年开始发表诗歌，2008 年毕业于山东师范大学中文系，现任职于《齐鲁周刊》。有诗集《岁月书》。曾参加《人民文学》第二届"新浪潮"诗会、鲁迅文学院第三十四届中青年作家高级研讨班，获 2014 "紫金·人民文学之星"诗歌佳作奖、银雀文学奖等。

武强华（1978— ），甘肃张掖人。学医，毕业后从事行政、财政等工作。参加《人民文学》第三届"新浪潮"诗会、诗刊社第三十一届青春诗会，鲁迅文学院第三十一届高级研讨班学员，入选第三届"甘肃诗歌八骏"。获《人民文学》青年作家年度表现奖、诗刊社"发现"新锐奖、华文青年诗人奖、李杜诗歌奖新锐奖、黄河文学奖、《飞天》十年文学奖等。出版诗集《北纬38°》。

马叙（1959— ），本名张文兵，浙江泰顺人。1982年开始写作诗歌。出版诗集《倾斜》《浮世集》《错误简史》等。曾获《诗神》年度诗人奖、十月文学奖等。

余数（1976— ），本名于庆丰，河北唐山人，现居天津。作品散见于多种期刊，被收入多种诗歌选本。

彭敏（1983— ），生于湖南衡阳。先后毕业于中国人民大学、北京大学，文学硕士。现供职于中国作协诗刊社。《中国诗词大会·第五季》总冠军。从事诗歌等多种文体写作，多次获奖。

孟醒石（1977— ），原名孟领利，河北无极人。毕业于石家庄学院美术系，现为《燕赵晚报》编辑。2001年开始文学创作，参加诗刊社第三十届青春诗会、鲁迅文学院第三十一届中青年作家高级研讨班。出版诗集《诗无极》《子语》《山封龙·云获鹿》等。曾获孙犁文学奖、"河北省十佳青年作家"、《芳草》杂志汉语诗歌双年十佳等奖项和荣誉。

王夫刚（1969— ），山东五莲县人。著有诗集《诗，或者歌》、《第二本诗集》、《粥中的愤怒》、《斯世同怀》、《孤岛上的地方主义》、《7印张》（合集）和随笔评论集《练习册上的钢笔字》《我在南郊》等。曾为首都师范大学2010—2011年度驻校诗人，参加过诗刊社第十九届青春诗会，获团中央、全国青联首届鲲鹏文学奖、山东省第二届齐鲁文学奖和诗刊社第四届华文青年诗人奖。

周公度（1977— ），山东金乡人。诗人、作家、《佛学月刊》

杂志主编。曾供职于《新编隋唐五代文》编委会，主编《诗选刊》杂志多年，著有诗集《夏日杂志》、诗论《银杏种植——中国新诗二十四论》、儿童诗集《梦之国》、随笔集《机器猫史话》、戏剧《忆少女》、小说集《从八岁来》等。

毛子（1964—　　），又名余庆，湖北宜都人。现居宜昌。出版诗集《时间的难处》《我的乡愁和你们不同》《毛子诗选》等。曾获《扬子江》年度诗人奖、闻一多诗歌奖、屈原诗歌金奖、御鼎诗歌年度奖、十月文学奖等奖项。

唐小米，生于 1970 年代，本名段建月，河北唐山人。参加《诗刊》社第二十八届青春诗会、鲁迅文学院第三十一届高级研讨班。著有诗集《距离》《白纸的光芒》。曾获中国年度先锋诗歌奖、河北诗人奖等奖项。

臧海英（1976—　　），生于山东宁津。参加《诗刊》社第三十二届青春诗会。出版诗集《战栗》《出城记》。曾获华文青年诗人奖、《诗刊》年度"发现"新锐奖、刘伯温诗歌奖、李杜诗歌奖新锐奖、诗探索·中国新诗发现奖、山东文学奖新人奖等。

哨兵（1970—　　），湖北洪湖人。中国作家协会会员，鲁迅文学院第十五届中青年作家高级研讨班班学员。现居武汉。出版诗集《江湖志》《清水堡》《蓑羽鹤》等。获《人民文学》新浪潮诗歌奖、第二届《芳草》文学杂志汉语诗歌双年十佳、《中国作家》郭沫若诗歌奖优秀奖、《长江文艺》年度诗歌奖等杂志奖项，有诗作被翻译成英文出版。

师力斌（1970—　　），笔名晋力，出生于山西省长子县。文学博士，《北京文学》副主编。1993 年开始发表作品，著有诗歌散文集《心灵散步》、专著《逐鹿春晚——当代中国大众文化和领导权问题》《杜甫与新诗》等。诗作入选多种选本、多次获奖。

离离（1978—　），甘肃通渭人。2005 年开始创作，2013 年参加诗刊社第二十九届青春诗会。入选首批"甘肃诗歌八骏"。出版诗集《旧时的天空》《离歌》《离离的诗》《云翻过了那座山》等。曾获敦煌文艺奖、黄河文学奖、《诗刊》年度青年诗歌奖、红高粱诗歌奖等。

张二棍（1982—　），本名张常春，生于山西代县。现就职于山西地矿局，出版诗集《旷野》《入林记》，曾获赵树理文学奖、《诗刊》年度青年诗人奖、华文青年诗人奖、《长江文艺》双年奖、大地文学奖等。

编后记

　　《百年中国新诗编年》的编纂工作最初启动于 2015 年秋，编纂初衷是希望以编年史形式，呈现一个更具学术价值和工具书意义的选本，以尽可能客观地展示百年新诗的道路与面貌，以此向汉语新诗的百年诞辰致敬。因此，原初的计划是用时两年左右，在 2018 年前推出。

　　基于这一构想，我们在整书编纂的过程中，特别注意了作为学术性编选的意义与性质，以求区别于其他形式。如此一来，编选工作的难度也相应加大，比如我们希望能够更多地体现某些时期诗歌的生态原貌，希望能够在不遗漏"正典"与名人名作的同时，还能按照历史现场的实际结构与权重，收录一定数量的"陌生化"之作，希望以此呈现百年新诗的多元样貌及每个阶段的原始风貌。还有，在初编轮次完成之后，我们又做了大量去粗取精的工作，另外对部分作品的原始出处的查阅也颇费周章。这些都延宕了成书的进程，稍稍错过了"百年纪念"的黄金时间节点。

　　但这样做是值得的，我们在大量阅读、翻检原始材料的过程中，确实补足和订正了原稿中的许多遗留问题，使最终的定稿更加接近历史的真实和原貌。这是比较令人欣慰的。当然还有许多无法超越的局限，比如因为史料的限制，某些规范和标准的限制，有些理应收录的作品，目前仍无法收录，在此只能向读者致歉，敬祈谅解，希望将来有机会能在修订版中补足。此外，因为涉及不同时期、不同场域，不同流派的海量诗作，编选考订的过程中难免会出现错讹和误漏，也恳请诸位方家不吝指正，以便将来再版时做出修订。

编选过程中，我们得到了学界和诗歌界许多同行朋友的关注与支持，山东文艺出版社的悠久历史和良好声誉也给了我们充分的信心。他们一丝不苟的工作态度与精益求精的编校质量，都是本书最终可信赖的保障，在此一并表示衷心感谢。

2021 年 8 月 5 日

声明

《百年中国新诗编年》在编纂过程中，得到了学界和诗歌界的广泛支持，但由于时间跨度长、作者众多，虽经出版社尽心联络，仍有部分诗人未能取得联系，我们向这些作者表示诚挚的谢意。请有关作者见书后及时与我们联系，我们将按国家有关规定支付稿酬。

联系电话：0531—82098793

邮箱：wenyishe@163.com

山东文艺出版社

2021 年 8 月